VINCENT MESSAGE

LES ANNÉES SANS SOLEIL

roman

ÉDITIONS DU SEUIL
57, rue Gaston-Tessier, Paris XIXe

ISBN 978-2-02-149555-3

www.seuil.com

À Cloé et Ulysse
À Raphaël, nouveau venu

Ce fut alors que se produisit un prodige excessivement impressionnant. Durant toute cette année-là, en effet, le soleil luisit comme la lune : sans rayonner, et il sembla presque toujours subir une éclipse, car son éclat, terni, n'avait pas son apparence habituelle. Dès qu'apparut ce phénomène, l'humanité ne connut plus que guerres, pestilences ou autres fléaux mortels. On était dans la dixième année du règne de Justinien.

Procope de Césarée

1

Chacun d'entre nous se souvient où il était quand ça a commencé, ou plutôt quand il a compris que ça n'était pas anodin, que ça ne toucherait pas que les autres, que c'était parti pour durer et que ça allait changer nos vies. En ce qui me concerne, je venais de descendre d'un avion après huit heures de vol, et je patientais avec quelques centaines d'autres passagers dans les files d'attente tortueuses d'un contrôle aux frontières. Je rêvais d'entrer sur le territoire des États-Unis d'Amérique, comme d'autres rêveurs avant moi. Je ne fuyais rien. Je n'étais pas venu me construire une autre vie. Je m'apprêtais seulement à passer quelques jours à New York, pour ce que mon visa désignait comme un voyage d'affaires, même si l'expression sonnait faux pour parler de moi et de mon travail. J'étais fier de me dire qu'un livre m'avait précédé, s'était faufilé avant moi de l'autre côté de la frontière. Mon quatrième roman, *Hibernation*, paraissait chez Atlas Maior, dans une traduction d'Emily Kent que j'avais relue ligne à ligne, l'automne dernier, pendant que tout mon petit monde dormait malgré le vent d'autan qui battait à nos fenêtres. C'était mon premier livre traduit en anglais, et la première fois également que je remettais les pieds aux États-Unis après la période où nous y avions vécu, Camille Lanneau et moi, douze ans auparavant. Ce jour de mars ainsi était un jour de joie, à marquer d'une pierre blanche.

Je me rappelle très bien. La file n'avançait pas. Les autres avaient sorti leur téléphone, j'ai donc fait comme les autres et me suis reconnecté distraitement au réseau, sans vouloir voir que le thermomètre mondial s'affolait. Je savais qu'Emily Kent était venue me chercher, que James Barrister, mon éditeur, serait également là, et je fantasmais le panonceau sur lequel mon nom serait inscrit en lettres capitales, tout en sachant très bien qu'ils n'avaient pas de raison de pousser l'hospitalité jusque-là, puisque je connaissais leurs visages et qu'ils reconnaîtraient le mien. Tout de même, je me demandais si Emily Kent serait raccord avec la poignée de photos que j'avais trouvées d'elle. Le réseau avait beau nous livrer d'avance des images chaque jour plus fidèles de la réalité, je ne savais jamais à quoi ressembleraient les visages, ni quelle allure auraient les autres avant qu'ils ne surgissent devant moi.

Maintenant la file avançait. J'ai ouvert mon passeport à la page qui établissait, en mentions dénuées de la moindre ambiguïté, que j'avais quarante-trois ans, que j'étais citoyen français, qu'on m'appelait Elias Torres. Il était également écrit que j'avais les yeux verts, ce qui était plus audacieux, ou sujet au moins à débat. Mon tour est venu, j'ai rengainé mon téléphone. Le préposé au contrôle avait la bouche usée par la répétition de formules incontournables et, sous son képi bleu marine, un regard que la bureaucratie privait de toute lumière. Je l'ai laissé scanner mes empreintes digitales. J'ai regardé se dessiner ce labyrinthe délicat dont je n'avais jamais essayé de sortir, parce que personne ne m'avait dit que je risquais de m'y perdre. Je me sentais si heureux et si inoffensif que j'ai cru avoir mal entendu lorsqu'un de ses collègues est venu me chercher. On avait besoin de moi, j'étais requis, convié à ce qui s'appelle un entretien approfondi. J'ai tout de suite trouvé ça injuste et angoissant. Je ne suis pas né de la dernière pluie. Je sais que c'est comme ça que les ennuis commencent, de nos jours : par un sourire et un *follow me please*.

Je me rappelle très bien. Un bureau sans fenêtres, ce qu'il y a de plus aseptisé, l'ordinateur qui trône et un banc pour m'asseoir. Le type a scanné mon passeport, puis l'a examiné avec une attention louable, comparant la photo au visage qu'il avait devant lui, comme s'il lui restait des pouvoirs que les machines n'avaient pas pillés. Les bases de données moulinaient, il ne leur faudrait pas dix secondes pour exhumer des choses que même Camille ne savait pas, des choses que je n'avais confiées à personne et que j'avais moi-même oubliées. Sans cesser de bavarder, avec une bonhomie dont l'hypocrisie manifeste me tapait sur les nerfs, le type a enfilé une paire de gants en latex et m'a demandé de bien vouloir me lever. Il a pris ma température avec un thermomètre frontal, qui ressemblait un peu trop à une arme. Il a entrepris de me fouiller, a palpé les pans de ma veste, mon torse, mes cuisses jusqu'à l'entrejambe. Lorsque j'ai pu me rasseoir, lui demander ce qu'on me voulait, il m'a dit de ne pas m'en faire : il s'agissait seulement de répondre à quelques questions. Vu la période, vu la situation, je devais comprendre que les autorités prennent des précautions supplémentaires.

Ensuite l'homme a examiné le formulaire que j'avais rempli, six semaines auparavant, de dénégations vigoureuses. Je n'étais pas un terroriste. Je n'avais jamais été mêlé, de quelque manière que ce soit, au trafic d'armes ou de stupéfiants. Je ne comptais pas m'impliquer dans des activités criminelles ou immorales, même si je soupçonnais que la moralité faisait ici comme ailleurs, et peut-être ici plus qu'ailleurs, l'objet de définitions dangereusement variables. En somme, je n'avais pas d'intention maligne à l'égard de ce pays dont les clivages et les errements me préoccupaient parfois jusqu'à me mettre en orbite pour un atroce tour d'insomnie, mais dont je continuais à me sentir très proche, et où j'avais vécu une des plus belles années de ma vie.

L'homme m'a demandé d'énumérer les pays où je m'étais rendu au cours de la dernière décennie. Tandis que je me creusais la tête, il feuilletait mon passeport, recensait mes visas pour contrôler chacune de mes affirmations. J'ai vu surgir mon père, assis sur le lit dans ma chambre, une liasse de polycopiés à la main, quand il m'écoutait réciter les poèmes de Friedrich Hölderlin ou d'Edgar Allan Poe que j'apprenais par cœur dans mes années d'études. Jusqu'au jour dont je parle, les contrôles à l'immigration ne me faisaient pas plus peur que la fréquentation des poètes. J'ai évoqué l'Italie et la Grèce, le Mexique, la Chine et le Japon – chacun de ces mots amenant un monde. J'ai hésité à mentionner Cuba. Il n'y avait pas trace dans mon passeport du séjour que j'y avais fait, puisque le régime castriste, histoire de ne pas transformer en enfer l'existence de ses hôtes, tamponnait un papillon de carton éphémère au lieu de délivrer des visas. Prononcer ce nom, Cuba, aggraverait les soupçons qui pesaient contre ma personne. Le taire, c'était mentir, et s'ils s'en avisaient mentir était plus grave. D'un autre côté, je restais persuadé que je n'étais coupable de rien. L'homme m'a interrompu et tiré d'embarras : il a nommé d'autres pays, pays voyous dans la vision des choses qui faisait pour lui quasiment force de loi, États ennemis où je n'avais jamais mis les pieds. Je lui ai dit que le Moyen-Orient ne m'intéressait pas, ce qui était abrupt, mais pas loin de la vérité.

Une femme corpulente, peau brune, teint mat, est entrée dans la pièce, tirant derrière elle ma valise récupérée au sortir de la soute. L'homme l'a aidée à la soulever jusqu'à la table. J'étais frileux, c'était encore l'hiver, je voulais être élégant dans la mesure de mes moyens, la valise était lourde. La femme m'a demandé d'ôter ma veste et a entrepris d'en ouvrir les doublures avec un découseur. Elle s'excusait, bien sûr, elle recoudrait ensuite, mais c'était le protocole : il se cachait, d'après leur expérience, beaucoup trop de choses là-dedans. Pendant ce temps, l'homme alignait en piles instables mes vêtements froissés. Je transportais quelques exemplaires de mes romans précédents, que je comptais offrir à certaines des personnes que je rencontrerais. À qui, je ne savais pas, c'était la beauté de la chose. Ils se sont accrochés à ces produits de contrebande. Cela leur paraissait improbable que j'aie traversé l'océan pour parler d'un de mes livres. C'est vrai que ça n'était pas strictement nécessaire. On pouvait craindre du reste que le public, aux trois rencontres prévues, soit assez clairsemé. Moi-même je ne comprenais pas pourquoi c'était *Hibernation*, plutôt qu'un autre de mes livres ou le livre d'un autre écrivain, qui avait retenu l'attention des éditeurs d'Atlas Maior. Les deux policiers en tout cas désiraient tout savoir de ce que racontait le roman. Rien ne leur aurait été plus facile que de vérifier par eux-mêmes, mais ils aimaient décidément que tout sorte de ma bouche.

Cueilli au pied de l'avion, je parlais un anglais bien bègue pour résumer l'intrigue d'une manière décente. J'ai dit que c'était l'histoire d'un groupe d'hommes qui franchissait les Pyrénées, une fin d'hiver, pour fuir une menace dont la nature n'était pas précisée. Si on était adepte d'explications d'ordre autobiographique, on pouvait supposer que cela se passait en 1939, au moment de la Retirada, à laquelle mon grand-père Lluís avait participé, fuyant avec les républicains catalans devant des phalangistes qui n'aspiraient qu'à leur tirer dans le dos. Dans le récit, néanmoins, je restais délibérément flou sur les lieux et les dates. Ce qui était sûr, c'est que ces hommes se retrouvaient bloqués dans la montagne, et partageaient, quelques semaines durant, le territoire d'un ours. Cela se passait bien, d'abord, puis très mal. Et en leur disant cela, j'en disais peut-être assez, non ? Je m'en serais voulu de tout leur révéler. Bien sûr, j'étais au courant que les ours n'hibernaient pas. Ils hivernaient. Leur cœur ralentissait, mais leurs réveils étaient fréquents, et c'était souvent en janvier que les femelles donnaient naissance. L'hibernation requérait un ralentissement bien plus fort du métabolisme animal, elle plongeait dans une léthargie profonde. Pourtant j'avais maintenu ce titre, parce que le mot était plus courant, parce qu'il me plaisait plus et parce qu'il avait à mes yeux une portée plus large, peut-être métaphorique ou discrètement allégorique. Lorsqu'on écrit une histoire d'ours, ce n'est jamais seulement une histoire d'ours. Mais cela, croyez-moi, je ne leur ai pas dit.

C'était peine perdue de toute façon. À chacune de leurs relances, j'avais le sentiment qu'ils ne me faisaient pas confiance, qu'ils s'étaient fait leur opinion, qu'Elias Torres n'était qu'une couverture maladroite dissimulant ma véritable identité. Je pouvais avoir publié des livres sans les avoir écrits moi-même. Je pouvais avoir une femme, une fille de dix-sept ans et un fils de deux ans et demi simplement pour faire bonne mesure. Je me suis demandé avec qui ils me confondaient, qui était celui qu'ils cherchaient, et ce qui se passerait si un jour je me trouvais face à cet homme. J'ai même pensé avec regret qu'il y avait peu de chances que cette rencontre se produise.

Ils n'ont rien découvert, curieusement, à l'intérieur de ma veste. La femme s'est mise à recoudre. Ses gestes étaient aussi rapides que ceux d'une ouvrière dans une usine textile. Et c'est à ce moment-là, je me le rappelle très bien, que les haut-parleurs m'ont demandé de me présenter en salle d'embarquement. Les policiers n'ont pas eu l'air surpris. C'était l'issue qu'ils attendaient. Ça n'avait rien de personnel, mais je ne pouvais pas être admis sur le territoire américain. Pas cette fois-ci, pas dans ces circonstances. Vous devriez prendre ce vol, m'ont-ils répété à deux voix, sinon vous payerez de votre poche le billet de retour. Ils m'ont demandé pardon pour le désagrément. Ils espéraient pouvoir me souhaiter la bienvenue en bonne et due forme, lors de mon prochain séjour.

Le décollage était dans vingt minutes. J'avais péché par négligence et m'étais mis en retard. J'ai attrapé ma veste qui n'était qu'à moitié recousue, enfilé mon manteau de laine, et j'ai couru jusqu'à l'embarquement en suant à grosses gouttes. Les deux femmes au comptoir se sont réjouies d'entendre mon nom, mais ont relevé avec mécontentement l'existence de ma valise. Je devais bien voir moi-même qu'elle ne passerait jamais en cabine. J'ai bafouillé une sorte d'excuse. Elles n'avaient pas le temps de m'écouter et n'étaient pas autorisées, de toute façon, à me laisser errer dans les limbes de cette zone de transit. Alors elles ont étiqueté la valise pour qu'elle reparte en soute et elles m'ont gratifié de leurs sourires de commande : il n'y avait aucun souci, pas le moindre souci, je la retrouverais à l'arrivée.

Elias Torres s'est écroulé sur le siège 24F, le même siège qu'à l'aller, avec beaucoup de soulagement. J'ai bouclé ma ceinture. Je sentais la peur et la sueur. J'aurais aimé changer de chemise, pour être franc, mais on ne fait pas toujours ce qu'on veut dans la vie. Je plaignais simplement ma voisine, dont le profil d'ailleurs me disait quelque chose. Tordant le cou à droite à gauche, j'ai regardé autour de moi. J'ai mis une minute à comprendre. La composition du vol était quasiment la même qu'à l'aller. Il y avait dix sièges vides et quelques nouvelles têtes. Sinon, c'étaient les mêmes personnes, occupant les mêmes places. Est-ce que tout le monde avait été refoulé ? Tous ceux qui n'étaient pas des citoyens états-uniens ? Est-ce que tout le monde avait subi la même épreuve que moi ? J'avais eu l'impression d'être l'un des seuls à être pris à part, mais mon champ de vision et le périmètre de mon attention avaient pu rétrécir sous le coup du stress. Il n'y aurait rien eu d'inconvenant à demander à mes voisins ce qui s'était passé pour eux. Si ce n'est que personne n'avait envie de parler. Les gens avaient la tête rentrée dans les épaules. Ils pianotaient sur leurs écrans ou regardaient dans le vide. Tout le monde semblait avoir honte. Ou alors c'était l'inquiétude qui faisait régner dans la cabine ce silence d'après la bataille.

Je me rappelle très bien. Nous sommes restés une demi-heure immobilisés sur le tarmac, sans que le commandant de bord nous fournisse d'explications. Et puis nous avons décollé. Avec un cœur plus calme, je ne jugeais plus que je l'avais échappé belle, et je sentais monter la colère de l'occasion perdue. J'écrivais depuis quinze ans et je n'arrivais pas à vivre de l'écriture. J'espérais que ce séjour et cette parution donneraient un nouvel élan à ma carrière. Je savais que cet espoir risquait d'être illusoire : le plus probable était que je passe quelques jours inspirants à discuter littérature, que j'aie le temps de deux ou trois promenades sur les lieux que j'avais aimés quand j'habitais le nord de Manhattan, ou bien dans des quartiers dont la rumeur voulait qu'ils aient beaucoup changé, et que je rentre à Toulouse avec d'autres images dans l'œil, heureux d'avoir faussé un moment compagnie au rythme de mon quotidien. Le plus probable était que mon roman, dans sa version américaine, connaisse des ventes encore bien plus confidentielles que dans sa version originale. Ce qui m'arrivait n'en était pas moins terriblement rageant.

Je pensais à Emily Kent. Nous n'avions échangé que par écrit, mais notre correspondance me plaisait. Je m'inquiétais parfois de la voir faire des fautes même dans les quelques lignes de français qui accompagnaient ses envois, sans pouvoir m'empêcher de juger ces fautes charmantes. La traduction elle-même m'avait pleinement rassuré. Elle était vive, ne s'éloignait du texte que pour y recoller plus loin, avec une ingéniosité, une souplesse syntaxique que je n'étais pas sûr d'avoir dans ma langue maternelle. J'étais impatient de voir à quel style de parole et de pensée s'articulait ce style de traductrice. J'avais regardé une conférence où elle parlait de son travail. Elle avait écrit un roman qui n'était pas encore paru en France : trois générations racontées à travers le jardin de la maison familiale, les haies qui montent trop haut et les parterres de fleurs, les nids de guêpes et les galeries de taupes, les arbres plantés pour fêter une naissance, élagués lorsqu'ils sont dangereux, mourant de sécheresse ou abattus d'un coup par la tempête. Je m'étais figuré que nous tomberions fous amoureux, que je me sentirais écartelé, mais que je déciderais de recommencer ma vie là-bas, à ses côtés. J'hésitais encore légèrement sur les prénoms de nos enfants. Autrement dit, j'étais un de ces mecs incapables d'entretenir quelque relation que ce soit avec une femme séduisante (même la relation la plus ténue ou la plus éphémère) sans me perdre aussitôt dans la joie un peu pathétique des fantasmes.

Je pensais aussi à la police. C'était moins excitant. J'étais pyrénéen, donc caucasien (comme ils disaient), j'avais de quoi payer mes titres de transport, je ne consommais plus de drogue qu'à des occasions rares, chez des copains plutôt que dans la rue, je me dispersais de moi-même avant la fin des manifestations, mes vêtements trahissaient d'emblée mon appartenance à la classe moyenne, et même sans doute à un milieu urbain, intellectuel ou artistique, c'était la première fois de ma vie qu'une interaction avec les forces de l'ordre se passait aussi mal. Je pouvais considérer que je n'avais pas eu de chance. Ou au contraire que j'avais jusqu'alors été extrêmement chanceux.

Je pensais à tout ça. Et lorsque j'aspirais à ne plus penser à rien, je profitais de ma place à côté du hublot et je regardais les nuages. Les couettes duveteuses des nuages dans lesquelles on aimerait plonger, pour y trouver un sommeil plus réparateur ou peut-être plus définitif. Les forteresses de nuages, leurs barbacanes et leurs chemins de ronde, leurs murailles sophistiquées que même une armée suicidaire assiégerait des mois en vain. La nuit abolissait le continent américain et me rapprochait de l'Europe aux anciens parapets. La nuit noyait dans notre dos l'océan Atlantique, et je commençais à comprendre qu'une autre nuit nous attendait, plus noire et insidieuse que toutes celles que nous avions connues.

2

Il m'a fallu du temps pour arriver chez moi. Au sortir de la gare, les rues de Toulouse étaient plus remuantes qu'un samedi midi ordinaire. Un premier souffle de printemps nous caressait le visage. Les gens se préparaient, achetaient des choses dont ils pensaient avoir besoin, ou qui risquaient de manquer.

Je n'ai pas aimé le silence de l'appartement. Camille avait emmené Maud et Diego à la campagne. C'était le premier week-end où il faisait assez beau pour sortir de la ville sans piétiner sur des chemins de boue. Je l'avais prévenue que je rentrais, comment dire ?, plus tôt que prévu, que c'était lié à la situation, mais je n'avais pas dit un mot de ce qu'on m'avait fait subir. Ce n'était pas une de ces galères qu'on détaille à qui veut l'entendre, dans une joie de raconter qui compense en partie la mésaventure. Je me sentais victime, j'avais cette honte terrible que les agresseurs aiment provoquer pour ne pas être trop honteux eux-mêmes de ce qu'ils font. Je verrais selon la fatigue et l'humeur, avais-je annoncé à Camille, si je les rejoignais. « Tu fais ce que tu veux, vraiment », avait-elle répondu. Le simple son de sa voix était un réconfort. J'ai ouvert les placards, boulotté un sachet de pistaches qui traînait, puis des poignées de noix de cajou, enchaîné sur du fromage blanc à la crème de marrons. Je ne me suis pas senti moins vide.

Lors de l'arrivée à Paris, on m'avait confirmé après une heure d'attente que ma correspondance ne serait pas assurée. Mieux valait que je récupère ma valise et que je prenne le train. Allongé sur mon lit, paupières fermées, j'ai revu le carrousel à bagages qui faisait tourner sans fin ses écailles de caoutchouc noir. La bouche déversait des tombereaux de bagages, de toutes formes et couleurs, qui n'étaient jamais ma valise. J'étais debout à faire les cent pas, à taper des textos, à regarder les autres qui récupéraient leurs affaires comme si de rien n'était. J'ai fini par croire que je l'avais perdue. Au comptoir des réclamations, ils m'ont demandé plus de patience : rien d'illogique à ce que les derniers arrivés soient les derniers servis. La valise a fini par leur donner raison. Expulsée de la bouche d'ombre lors d'une ultime fournée, elle m'a reconnu, apparemment, s'est dirigée vers moi. Je l'ai saluée de la main. Je lui ai dit, petite valise, pardon de n'avoir pas su te protéger. Qu'est-ce que j'ai fait, petite valise, pour qu'ils te fassent subir tout ça ? Je l'ai appelée petite valise mais en réalité elle ne s'appelait pas comme ça. C'était une grosse valise, trapue, abîmée, baroudeuse. Le surnom m'est venu parce que j'avais de la tendresse pour nos souvenirs communs. Elle était seule sur le tapis. L'éclairage diminuait pour m'intimer de foutre le camp. C'était triste à mourir.

Avant de quitter l'aéroport avec les derniers passagers, d'abandonner aux techniciens et aux équipes de sécurité cette infrastructure gigantesque qui ne servait plus à rien, et dont d'autres humains, à une époque pas si lointaine, découvriraient les ruines, j'ai eu le réflexe de photographier le panneau des départs où tous les vols s'annulaient en cascade. Il y a le moment où on regarde ces noms, Karachi et Hong Kong, Copenhague et Tokyo, Bogota, Jakarta, Moscou, avec le désir d'embarquer à l'improviste pour une ville inconnue. Le voyage qu'on fait n'a de sens que dans un monde de voyages possibles, les pays qu'on connaît un peu, ceux qu'on découvrira plus tard, ceux où (sans qu'on le sache encore) on ne se rendra jamais – une carte mentale qui se précise. J'ai repensé au premier jus de canne bu sur la route qui mène de l'aéroport au centre de La Havane. J'ai repensé au poids que l'air des tropiques abat sur les épaules. J'ai revu les vagues qui se fracassent de tout leur long sur les digues du Malecón. Comme aux pires heures d'éruptions volcaniques, mais dans un ciel très clair, que n'obnubilait aucune fumée toxique, la possibilité même du voyage à l'autre bout du monde semblait en train de s'effondrer.

J'ai tenu à rouvrir les yeux avant que le sommeil ne me prenne. Les livres s'empilaient à terre, bien trop nombreux depuis que nous avons vidé le bureau pour que Diego ait sa chambre. « Pour un livre qui rentre, il en faut un qui sorte », tentait de me convaincre Camille. Je n'y arrivais pas. J'avais trop griffonné leurs marges, ils étaient liés par trop de souvenirs aux lieux où je les avais achetés, aux gens qui me les avaient offerts, à l'endroit où j'étais et à ce que je vivais lorsque je les avais lus. Parfois je fouinais jusqu'à en trouver quelques-uns dont j'étais prêt à me séparer : ils m'avaient fait forte impression mais n'étaient plus mon genre, ou bien le succès avait rendu leur auteur démagogue, ou bien je m'avisais que je les possédais en triple. Dans la semaine qui suivait, je revenais de la librairie avec le dernier album d'une série que j'aimais lire à Diego, un essai féministe auquel Maud serait sensible, la retraduction d'un classique que nous voulions, Camille et moi, découvrir depuis longtemps – et les interstices se fermaient, tout ce monde se serrait sur les étagères jusqu'à ne plus pouvoir bouger, ou aggravait encore le vertige des tours à mon chevet au risque de la chute. J'ai regardé la ville par la fenêtre. Au lieu des gratte-ciel attendus et des citernes d'immeubles si caractéristiques, c'étaient les toits de tuiles et les façades de briques de la ville où je suis né. Un genre de beauté que je connaissais mieux. J'étais libre de mes mouvements. J'aurais pu appeler des amis, sortir acheter le journal ou déjeuner seul en terrasse. Quelque chose me retenait. L'instinct soufflait : danger dans l'air, où sont les miens ?

Ce sont eux qui m'ont secouru, sauvé des idées noires en venant me chercher à la gare de Narbonne. La maison que Camille avait louée se trouvait un peu à l'écart d'un village situé dans les premiers contreforts des Corbières.

Les rues étaient bordées de pins parasols et de cyprès, les talus envahis par les figuiers de Barbarie où les gamins gravent leurs initiales.

Le crépuscule est venu alors qu'on marchait dans les vignes.

J'ai eu du mal à trouver le sommeil dans ce lit au matelas mou, au milieu des meubles anciens qui rétrécissaient la chambre. Je suis descendu au salon, j'ai rencontré par chance une bouteille de cognac, Camille m'a rejoint et nous avons lampé tour à tour au même verre. « Je suis déçue pour toi. » Elle aurait préféré me retrouver enthousiaste après quelques jours de voyage. On était rarement loin l'un de l'autre, et il nous arrivait de penser qu'on ne se quittait pas assez pour se manquer. C'était mieux à coup sûr que de ne faire que se croiser, comme beaucoup de nos amis en couple, mais c'était tout de même dommage, en un sens. « Qu'est-ce qui va se passer, maintenant, à ton avis ? » Nous avons prononcé cette phrase-là en même temps. Comme il n'y avait pas de réponse, que nous n'avions pas d'expertise sur le sujet, que nous avions lu les mêmes articles dans les mêmes journaux, que nous pouvions en tirer toutes sortes d'hypothèses, parmi lesquelles les hypothèses nocturnes seraient sans doute les moins lucides et les plus angoissées, comme les tommettes se faisaient froides sous nos pieds nus et que le feu s'éteignait, nous avons bu le cognac jusqu'à la dernière goutte et nous sommes remontés faire ce qu'il y avait de mieux à faire, se serrer dans les bras, chercher le sommeil et rassembler nos forces.

Diego nous a réveillés tôt. On ne peut pas décrire le charme de sa voix grave, et de cette diction un peu fautive que j'ai de la peine à voir s'effacer au fur et à mesure qu'il grandit. Je ne sais jamais s'il commence par appeler doucement, trop doucement pour que nous l'entendions, ou s'il donne du coffre tout de suite, sans pratiquer les sommations d'usage. « C'est le jour », a-t-il dit, et il avait raison. Nous avons préparé un petit-déjeuner fastueux, en attendant que Maud émerge et que se dissipent les filets de brume qui passaient devant la maison et nouaient leurs écharpes aux vignes.

Alors que je nous trouve souvent d'une lenteur à rendre fou, que je reste sidéré par la force d'inertie que nous avons à quatre, la chance a voulu que nous soyons les premiers devant le portail de l'abbaye. Le soleil était encore à l'est, au-dessus de la mer invisible, dégagé de la brume qui finissait de s'effilocher le long de la route que nous avions suivie, mais n'envoyant dans notre dos que des encouragements pâles, mêlés d'un vent qui réveillait. J'avoue que j'aime les situations de crête, la hauteur de vue, les paysages assez ouverts pour que l'œil se perde dans les lointains. Pourtant j'ai reconnu aussitôt le charme qu'avait ce vallon, la grande douceur d'être lové entre les collines, l'habileté de ce choix des cisterciens qui élisaient des sites où ils pourraient sans trop d'effort se procurer du bois, des pierres de construction, et où il y aurait de l'eau, surtout, l'eau murmurante de tous les ruisseaux qui se frayaient un chemin dans le massif de Fontfroide.

Nous étions seuls, absolument tranquilles. Les lieux étaient pour nous. Diego nous précédait, courant sur quelques mètres, changeant de direction par impulsions subites, tout prêt aussi à s'attarder dès lors qu'il était nécessaire de trier les graviers ou de surveiller le périple d'une fourmi. Maud a sorti son carnet de dessin et croqué des détails : une fenêtre à meneaux, les clochetons couronnant l'abbatiale, puis les spirales de la fontaine en fer forgé, dans la cour de travail. Moi j'étais repris par le pouvoir des vieilles pierres, qui me tient depuis l'enfance. Les centaines de vies qu'elles ont vues défiler, au fil des siècles. Les humains cœur battant, puis cadavres, puis squelettes, et pour finir poussière tandis que les murs restent debout et quasiment intacts. Je crois que c'est des vieilles pierres qu'est venue la vocation d'écrire. Pas d'elles seulement, mais d'elles aussi. C'était étrange de se dire que les moines du Moyen-Âge, bien qu'ils aient passé dans ce lieu l'essentiel de leur séjour sur terre, n'avaient jamais pu voir beaucoup des bâtiments largement postérieurs que nous avions sous les yeux.

J'avais beau me sentir très sereinement athée, je comprenais l'idéal de la vie monastique. Chanter dès l'aube, être tenu dans le travail par une discipline qui ne dépend pas de soi, suivre un emploi du temps qui ne devait varier que selon les saisons et les besoins de la communauté, chanter de nouveau au crépuscule. En revanche ça ne m'aurait pas plu de ne pas pouvoir sortir de l'enceinte du monastère, d'habiter cette région et de ne rien en connaître. J'aurais peut-être été un frère convers plus acceptable, passant moins de temps en prière que les moines et plus de temps dehors, à garder les troupeaux ou à tailler la vigne.

Dans le cloître il y avait quelqu'un. Une femme vêtue d'une robe de laine noire, qui lui descendait aux chevilles et lui couvrait les bras. Elle était assise sur le muret d'une des galeries plongées dans l'ombre, entre les colonnettes de marbre, et se tenait si immobile que Diego est passé devant elle sans marquer de temps d'arrêt. Avec son visage osseux, ses poignets maigres et sa raideur, ça ne m'aurait pas surpris qu'elle lui fasse peur, pourtant, ou qu'elle l'intrigue et qu'il l'aborde. Les balades de Diego sont scandées de conversations avec des inconnus, lancées à l'improviste et virant aussitôt à l'intime, car il estime n'avoir rien à cacher et est persuadé que tout le monde se passionne pour les détails de notre vie. Lorsque je me suis approché, que j'ai salué d'une inclinaison de la tête, la femme s'est levée et s'est mise à déambuler dans les galeries du cloître, assez loin de moi pour donner l'impression qu'elle se promenait seule, mais me tournant autour tout de même. J'ai vu ses yeux de charbon. Ses pieds couverts de poussière dans leurs sandales de cuir. Il ne fallait pas que je m'en laisse accroire, a-t-elle commencé d'une voix sourde. Ç'avait été terrible, ici. Les siècles ici. Des hommes reclus, à l'existence barricadée d'interdits de toutes sortes. Condamnés à l'obéissance, ne choisissant rien ou presque. Toute pensée un peu personnelle, immédiatement suspecte. Le désir voué aux gémonies. Des supérieurs qui n'avaient que Dieu à la bouche, mais qui pariaient à l'évidence sur le fait que Dieu se tairait, et qu'ils pouvaient agir dans une impunité complète.

Vous ne savez pas, a poursuivi la femme en levant les sourcils. Les franges de sa robe voltigeaient au-dessus des dalles, je me suis demandé si l'habit cistercien descendait aussi bas. D'après elle je ne savais rien. Je n'avais rien vu, je n'étais pas là. Les plus retors qui l'emportaient toujours sur ceux pour qui la gentillesse avait de la valeur. Cet abbé qui avait la victoire modeste lorsqu'il réussissait à arracher des aveux d'hérésie, qui dirigeait son tribunal dans un esprit de modération, qui ne torturait qu'à bon escient, et qui a fini pape. Des tombereaux de morts jusqu'aux villages les plus reculés des montagnes. La fumée des bûchers, les puanteurs de charnier que l'encens ne dissipe pas. Pour qui était le calme ? m'a demandé la femme à l'oreille. Qui avait droit à la sérénité ? Un monde d'enfants qu'on frappe, qu'on envoie mendier, qu'on chasse de la maison s'ils ne rapportent pas assez. Un monde de femmes trop désirables pour n'être pas des créatures du diable. Elle m'a fixé au fond des yeux. Deux mille ans, m'a-t-elle dit. J'ai traversé l'enfer. Deux mille ans de péché au lieu des plaisirs de l'amour. Des aubes, ça oui, où on aimerait y croire. Les cloches qui sonnent, un souffle dans la poitrine qui ressemble à une brise. La nuit qui tombe, assez clémente pour qu'on ait l'impression que ces bruits, dans les taillis, ce sont des anges qui nous écoutent. Mais le lendemain, une bande d'hommes sur la route, qui emporte les bêtes, qui pille les provisions, qui viole.

Maintenant elle était derrière moi, à me souffler dans le cou. Elle n'avait pas l'air dangereuse, juste très insistante et un peu dérangée. Je ne savais pas quoi lui répondre. Pourquoi me racontait-elle tout ça ? Je n'avais jamais prétendu, jamais eu la faiblesse de croire que le passé était plus lumineux. Et j'étais convaincu que de son côté elle forçait le trait, qu'elle prolongeait la légende noire. Ne croyez pas, m'a-t-elle dit. Ne pensez pas. Nous venons de l'enfer. On a chanté pour oublier, ça oui. Tous les jours, à tue-tête. On chante pour oublier. On n'oublie rien. Tous les fantômes ! a poursuivi la femme. Ils n'ont pas pu parler, ils sont morts en mentant, je les ai vus, je vous le jure, ils ont menti à l'agonie, répété ce qu'on leur répétait, rien pu confier de leurs peurs réelles et de leurs désirs réels. Ils sont sous terre, ils sont dans vos vieilles pierres, ils ne sont pas partis, ils hurlent. Arrêtez de perdre votre temps, m'a dit la femme en noir. Ils hurlent dans les vieilles pierres.

Je me suis retourné pour appeler Camille et Maud, qui devaient être dans l'abbatiale. Je ne voulais plus rester seul. C'était peut-être cette femme, ou peut-être moi, mais en tout cas, quelqu'un avait besoin d'aide. En m'entendant crier, elle m'a fixé de nouveau, le visage incrédule, puis a poussé une lourde porte de bois et a disparu de ma vue. Peut-être qu'elle ne voulait pas être mise en minorité. Peut-être qu'elle ne voulait pas non plus passer pour folle. Ou alors c'était moi qui lui avais fait peur.

L'après-midi, nous avons loué des vélos et roulé dans le massif au-dessus de l'abbaye, tantôt dans la pinède, tantôt sur des pistes larges où le plein soleil tapait. Avec Diego sur le siège arrière, je sentais chauffer les muscles de mes cuisses, et le sel de ma sueur m'aiguillonner la nuque. Nous étions abrités du vent, le dénivelé était faible : une randonnée parfaite pour se décrasser au sortir de l'hiver.

À un moment, nous avons posé les vélos contre un muret de pierres sèches et sommes montés en haut de la colline pour regarder les aplats bleus de la Méditerranée, et deviner au loin, en plissant les paupières pour résister au contre-jour, les Pyrénées couvertes de neige.

Avec l'éblouissement, Camille avait ses rides au coin des yeux et des plis plus marqués entre le nez et la bouche. Je ne la vois pas vieillir. Je ne me rends compte du temps qui passe qu'en regardant les photos d'elle il y a dix ou quinze ans, et sur ces photos-là, en général, je ne suis pas très loin, et je suis bien forcé de constater que les changements en ce qui me concerne sont plus spectaculaires. Elle a le visage moins rond que lorsqu'elle était plus jeune, d'accord, et moins rond que Maud bien sûr. Je regarde côte à côte les deux femmes de ma vie. Sur les joues de Maud, les marques de l'acné sont en train de disparaître. Je crois que ses cheveux ne seront jamais aussi beaux. Elle commence à trouver ses gestes, à avoir un usage plus précis de son corps. Ceux qui la rencontrent maintenant n'ont aucun moyen de savoir. Moi je sais d'où elle vient, le bébé et la petite fille, tous les visages qu'elle a eus. Et Diego à l'inverse : chez lui ce sont les expressions et l'allure de l'adolescent que j'anticipe parfois. Il traîne au lit en se réveillant, dit non, papa, je dors encore. Et cette façon dont il s'allonge sur le dos, remonte les jambes et appuie ses pieds croisés au mur…

Je me suis dit que j'avais de la chance de vivre avec ces trois-là, si beaux, dans un pays si beau, béni par le soleil. Et cette pensée soudain a fait remonter la peur. Nous étions en sursis. L'ombre planait sur les reliefs du paysage. L'ombre s'épaississait sur le visage de mes enfants et sur leurs années à venir. Le sort veut que chacun de nous dispose au mieux de quelques décennies. À quoi allaient ressembler les leurs, et ce qui restait des miennes ? Maintenant que j'avais atterri, que mon horloge interne s'était réajustée, je ne pouvais pas dire que la situation me surprenait. Les scientifiques répétaient depuis longtemps que nous faisions n'importe quoi. Le plus tentant était de penser à autre chose : le travail à abattre ; le motif de préoccupation du jour ; les raisons pour lesquelles on se sent toujours insatisfait. Il y avait assez de problèmes à notre échelle pour ne pas s'embarrasser de ceux qui paraissaient si insolubles et qui se ramifiaient aussi loin dans l'espace et dans le temps. Les gens autour de moi répétaient : « Je fais ce que je peux. » Ils répétaient : « Ça je n'y peux rien. » On aimait croire que les personnes compétentes travaillaient d'arrache-pied, chacune dans leur domaine, pour nous tirer d'affaire. Je sentais néanmoins depuis des années que la dégradation était trop rapide pour qu'on ait le temps de s'y adapter, mais trop progressive également, trop graduelle pour que les discours d'alerte nous fassent battre le cœur. Un dixième de degré en plus ; le taux de concentration d'un gaz s'élevant de quelques parties par million : trop techniques, ces mesures-là, ça ne nous parle pas. Ou bien des arbres qui tombent à chaque seconde, mais hors de notre champ de vision et loin des caméras. Ou bien une espèce animale que les locaux observent de plus en plus rarement, mais qu'on ne sait pas reconnaître, voire dont on apprend l'existence le jour où la mort de son dernier représentant est annoncée dans les médias. Trop loin de nous, tout ça. Tant que le désastre n'est pas sur nos têtes... Tant qu'il ne nous frappe pas en personne... Toutefois je savais aussi que la science nous prédisait des accélérations, des événements extrêmes de plus en plus violents et fréquents – et surtout de l'inattendu. Eh bien voilà. Nous y étions, peut-être.

Sur la route du retour, nous avons croisé des amandiers en fleur, comme celui que Van Gogh a peint pour la naissance de son neveu. Je me suis dit que j'aurais aimé être là le jour où il a découvert la peinture japonaise et acheté, à Anvers, ses premières reproductions d'Hokusai ou d'Hiroshige. Quel œil est-ce qu'il avait, alors, quelle émotion dans la poitrine ? J'aurais voulu le voir arpenter les vergers provençaux autour de Saint-Rémy, trouver le bon arbre, l'amandier dont on rêve, caler son chevalet. J'aurais beaucoup donné pour le voir confectionner ce bleu sur sa palette.

Plus loin, j'ai voulu signaler à Diego et à Maud les remparts de Carcassonne, mais leurs têtes dodelinaient déjà sur la banquette.

Au jour tombant, la circulation est devenue anormalement dense sur cette autoroute des Deux Mers. Il y avait des contrôles de police, de véritables barrages à l'approche de la ville. On a roulé au pas pendant peut-être une heure, c'était encore bien pire qu'un dimanche soir de juin. Diego s'est réveillé et s'est mis à pleurer. Aucune musique ne le calmait, cette fois, aucune parole.

Le policier nous a demandé de produire un justificatif de domicile. Puisque nous habitions Toulouse, nous a-t-il dit avec méthode, il n'y avait aucun problème, nous avions le droit d'y entrer. Dès le lendemain en revanche, comme nous l'avions peut-être entendu annoncer, nous ne pourrions plus quitter la ville. Camille a rengainé sa carte d'identité et a réembrayé dans un hurlement de moteur qui parlait pour nous tous. Nous venions de vivre sans le savoir nos dernières heures de liberté.

3

Est-ce que vous connaissez cette impression d'héberger dans votre corps, à l'intérieur de votre tête, pas tout à fait plusieurs personnes, mais disons plusieurs types de personnalités ? Parfois j'essaye d'être le même quelle que soit l'heure du jour, quelles que soient ma fatigue et l'obsession qui me travaille. Le plus souvent je laisse tomber : ça représente trop d'effort. Certains affirment que pour parvenir à une forme de stabilité, il faut prendre soin de soi, de son sommeil et de son alimentation. C'est un demi-mensonge au moins. Toute personne qui a essayé de faire dix mille pas par jour, de se coucher tôt, de manger sainement, de garder du temps pour faire du sport, sait à quel point un régime de ce genre relève d'un volontarisme inhumain. On tient trois jours, ensuite on craque. Les pulsions reprennent le dessus, et les contraintes. Et quand bien même on réussirait à s'y tenir : on ne dose pas pour autant comme on veut les substances chimiques qui régulent nos humeurs. On se prend tout simplement pour ça trop de trucs sur la gueule, trop de malheurs et d'épreuves. Et je ne parle que de la violence sociale ordinaire, pas de toutes les monstruosités qui nous sautent aux yeux dès qu'on a l'imprudence d'allumer un écran. Alors il n'est pas tout à fait exclu que tout ne dépende pas de nous – et que respirer ne suffise pas.

Dans les semaines qui ont suivi, en tout état de cause, j'ai dû me mettre à cohabiter avec un homme d'angoisse, qui essayait de prévoir plusieurs coups à l'avance, et avec un homme insouciant qui avait besoin par-dessus tout de ne penser à rien. Tous deux s'appelaient Elias Torres.

La semaine a repris. Camille faisait l'ouverture du magasin d'alimentation où elle travaille depuis six ans. Maud est partie pour le lycée, j'ai accompagné Diego à la crèche. Dans la cour, les séparations se ressentaient de l'agitation ambiante, on aurait dit un quai de gare un matin de départ à la guerre, les parents étreignant leurs enfants avec une force qui ne devait pas les rassurer, les enfants d'autant plus réticents à quitter leurs bras, une tristesse momentanée mais déchirante gravée sur le visage.

Je me suis retrouvé seul, avec la journée libre, puisque j'étais censé être aux États-Unis. J'ai écrit à Tanguy (je veux dire à mon patron, Tanguy Jolas) pour l'informer que je pouvais venir à la librairie en fin d'après-midi et l'aider à préparer la rencontre avec Anne Zamenhof. Il craignait qu'il n'y ait pas grand monde, mais j'étais d'avis de maintenir : « On a le droit de le faire, on ne sait pas pour combien de temps, on ne va pas s'en priver. »

Ensuite j'ai lu tout ce que je pouvais pour comprendre la situation. Les experts se battaient pour déterminer le degré de probabilité de chacun des scénarios possibles, et ils étaient loin d'être d'accord. J'ai retenu tout de même que ça allait durer, et que ce serait grave. Personne ne savait prédire combien de victimes il y aurait, ni à quel point l'économie et avec elle notre quotidien seraient désorganisés. L'approvisionnement en pétrole pouvait être perturbé. Le transport de marchandises ne serait assuré que tant que les routiers ne se mettraient pas en grève pour protester contre la dégradation inévitable de leurs conditions de travail. Les États débordés par la situation sombreraient peut-être en quelques semaines dans un climat de guerre civile. Dans le soi-disant village global, les matières premières transitaient par trois ou quatre pays pour devenir des matériaux, des aliments ou des objets ; les choses qui nous environnaient et celles qui nous faisaient vivre finissaient souvent d'accomplir, en arrivant entre nos mains, un voyage plus long que tous ceux que nous avions faits, et l'ensemble de ces circuits était tellement complexe, et donc tellement fragile...

J'ai ouvert nos placards, qui étaient presque vides. Je me suis retrouvé dans le cellier de la maison de mes grands-parents, face à ces provisions qui montaient du sol au plafond. À l'époque je me disais qu'ils étaient un peu fous et pathétiques. Maintenant je comprenais que je n'avais jamais connu la guerre, ni le rationnement, ni la faim. C'était étrange : cette pièce où je ne mettais quasiment pas les pieds lors de mes séjours chez eux me semblait soudain avoir été le centre de leur maison et le socle de leur vie.

Je suis allé faire des courses, non pas à pied mais en voiture, en doublant les quantités que je prends d'habitude et en privilégiant les produits secs, le riz et les lentilles, les pois cassés, l'huile et les pâtes. Il ne serait peut-être pas prudent ou pas toujours possible de sortir de chez soi, les commerces allaient peut-être connaître des ruptures de stock, il nous fallait de quoi tenir une sorte de siège. Camille m'a appelé pour me dire que la direction du magasin ne prévoyait pas de difficultés d'approvisionnement, pas pour l'instant du moins, mais que ça ne désemplissait pas : « On est en train de se faire dévaliser. » Elle allait elle-même essayer de rapporter ce qu'elle pourrait quand son service serait fini. Elle avait sa bonne voix, sa diction si précise, à peine accélérée par la fébrilité. Je me suis réjoui de constater qu'on était sur la même longueur d'onde.

Les placards ont vite été pleins. À la naissance de Diego, on avait préféré rester dans notre petit quatre-pièces, proche du premier cercle des boulevards, plutôt que de s'agrandir en consentant à s'excentrer. « Il suffit d'arrêter d'accumuler des trucs dont on n'a pas besoin », répétait aussi Maud. Même si elle tardait à recycler les montres de son enfance et ses premiers portables, je trouvais classe de vivre avec une théoricienne du minimalisme âgée de dix-sept ans. Ma conversion personnelle était lente, mais je reconnaissais sur le papier au moins que c'était une meilleure manière de vivre. Sauf que dans la situation présente, nous risquions de nous en mordre les doigts. Je me suis demandé si nous allions devoir empiler les conserves le long des murs, comme je le faisais avec les livres. Ou bien nous séparer d'un certain nombre de livres pour mettre des conserves à la place. J'ai eu cette vision-là : une bibliothèque aux étagères remplies de boîtes de haricots rouges, sardines, tomates pelées, poires au sirop et champignons. L'honnêteté obligeait à dire qu'on pouvait survivre sans livres, pas sans manger. Les librairies qui mettaient la clé sous la porte pour être remplacées par des sandwicheries en faisaient chaque année l'imparable démonstration. La question était simplement de savoir si c'était encore une vie qui en valait la peine.

Je suis descendu à la cave. Celle que nous possédions se trouvait tout au fond du couloir, il fallait au passage s'arrêter pour en brancher la lumière sur un interrupteur commun, et je mettais toujours quelques secondes à retrouver le fil relié à notre ampoule dans le fouillis des câbles. La cave faisait dix mètres carrés, Camille et Maud n'y descendaient jamais, et c'était heureux en un sens car cela leur évitait de se confronter à l'étendue de nos incohérences. J'avais pris avec moi la chère petite valise, et j'ai tenté de lui faire de la place entre le coffre de toit que nous avions acheté parce que nous ne voulions pas changer de voiture, le ventilateur indispensable l'été, et le lit à barreaux de Diego que nous avions remisé là six mois auparavant. Il y avait aussi des piles de carreaux pour la salle de bains et la cuisine, dont je voulais bien admettre ne pas avoir un usage quotidien, mais qui n'étaient pas non plus inutiles, puisque ceux qui étaient aux murs avaient déjà tendance à s'écailler. Et puis bien sûr une vingtaine de bouteilles, entreposées avec une incurie que Marcus (je veux dire mon ami caviste, Marcus Gambrich) aurait probablement qualifiée de criminelle.

Je suis remonté découragé par l'ampleur de la tâche, en me jurant de ranger tout ça. C'était le milieu d'après-midi, je n'avais rien mangé, je me suis demandé si j'avais pensé à tout – et j'ai pensé à l'eau. La distribution de l'eau aussi pouvait être perturbée. Je jugeais tout naturel qu'elle coule lorsque j'ouvrais le robinet, je ne savais pas d'où elle venait, à quels endroits de la ville elle se trouvait stockée. Je me suis souvenu d'un article sur la sécurité de l'eau que j'avais lu après les derniers attentats. Empoisonner le réseau de distribution d'une grande ville, c'était le rêve secret de tout terroriste ambitieux. Le mieux était d'accéder physiquement aux usines, ce qui serait peut-être moins difficile si elles manquaient de personnel, mais si on n'y arrivait pas, déclencher une attaque cybernétique pour perturber le contrôle qualité pouvait déjà faire des dégâts. J'ai retrouvé l'article qui spécifiait qu'en cas de contamination lourde, le protocole voulait qu'on approvisionne avant tout les abonnés prioritaires, comme les services de l'État, les sites industriels qui devenaient dangereux privés d'eau, les centrales électriques ou le système hospitalier.

Sans nourriture, on tenait un mois. Sans eau potable on ne tenait pas six jours. J'ai lu qu'en respirant, en transpirant et en pissant, nous perdons deux litres d'eau par jour. Si cette perte n'est pas compensée, le corps est déjà déshydraté au bout de quarante-huit heures... Nous en avions besoin aussi pour cuisiner, pour nous laver, faire le ménage et la lessive. Sans eau, l'appartement deviendrait invivable. Alors j'ai fait mes calculs de coin de table. Il nous fallait au minimum trois litres par personne et par jour, et il paraissait raisonnable de prévoir un stock pour trois semaines. Ça laisserait de la marge au gouvernement pour résoudre le problème, ou ça nous laisserait le temps de quitter la ville malgré le décret et de nous rapprocher d'une rivière préservée des pollutions majeures. La calculette m'a annoncé 250 litres. Aucun des magasins que j'ai appelés ne vendait de jerrycans, donc j'ai regardé en ligne, trouvé le bon site et hésité devant les deux cents euros qu'il fallait débourser. Je me suis préparé une omelette pour ne pas agir sous le coup de l'impulsion, et tout en l'avalant j'ai fait jouer la théorie des regrets : maintenant que j'avais eu l'idée, je risquais de m'en vouloir cruellement si je n'allais pas au bout et que ma crainte venait à se concrétiser. J'ai choisi des bidons de dix litres, pour que Camille et Maud puissent les transporter sans peine, que tout ne repose pas sur moi, et j'ai validé la commande, en espérant que l'entreprise ne soit pas débordée et qu'elle nous livre à temps.

Évidemment, en menant à bien chacune de ces opérations, je me demandais si j'étais fou. Je ne crois pas. Je ne me considérais même pas comme un survivaliste. Je n'avais pas du tout l'intention de me construire un bunker. Il y avait tout simplement trop d'inconnues dans l'équation pour savoir où s'arrêtait la prudence du bon père de famille cher au vieux Code civil et où commençait le délire du paranoïaque compétent. Si la situation dégénérait au point qu'il faille se battre pour se procurer de la nourriture, je n'étais pas certain pour ma part de vouloir m'acharner à vivre. Mais il était plus difficile de décider pour les enfants. Chacun découvre le degré de violence qu'il tolère, chacun prend conscience de ses limites dans l'épreuve, ils auraient peut-être le cuir plus dur que moi. Ils n'auraient peut-être pas le luxe de se dire qu'ils avaient besoin d'une société d'abondance et de la douceur d'un État de droit pour mener une vie digne de ce nom. Après tout, je n'avais pas vécu la guerre, mais j'étais le petit-fils de gens qui avaient dû fuir leur pays du jour au lendemain, en abandonnant derrière eux tout ce qu'ils possédaient. Et même en temps de paix : il y a un siècle encore, beaucoup de paysans faisaient en sorte d'avoir deux mois de provisions devant eux. Les gens de ma génération, en ville, avaient à peine de quoi manger une semaine : il n'était peut-être pas insensé de revenir à un juste milieu. Si ce n'était pas pour cette fois-là, de toute façon, ce serait pour la suivante. Ce n'était pas à la crise en cours que je réagissais. À tort ou à raison, je pensais qu'il était l'heure de se préparer à un nouveau temps de catastrophes.

4

C'est le cœur plus léger que je me suis rendu à Nisi in angulo pour la rencontre avec Anne Zamenhof. Lorsque je suis arrivé, la bande fumait des clopes devant la librairie, autour d'Anne fidèle à son style, en jean et bottes, enveloppée dans les ailes d'un long manteau violet, Anne que je n'avais pas vue depuis deux ou trois ans, mais que je n'ai pas trouvé changée. Elle habitait Paris, et je me suis demandé si elle comptait braver l'interdiction pour retourner chez elle, ou si elle avait décidé de passer la période à Toulouse. Elle et Tanguy Jolas avaient été amants, il y a longtemps de cela, mais ces dernières années c'est avec un des profs de la fac du Mirail qu'on lui prête une liaison.

Au moment de s'installer, Tanguy m'a pris à part : « J'ai quelque chose à te dire. Tu m'y feras penser ? »

Gaëlle Perez et Dounia Bennani avaient encore plus bossé que d'habitude et ont mené l'entretien avec une fluidité rare. Anne a lu de longs passages du roman, le portrait d'un médecin de campagne découvrant sur le tard qu'il a les symptômes de l'autisme Asperger, et qui à la lumière de ce diagnostic revoit défiler sa vie. Elle lisait debout, de sa voix sourde, ça en jetait franchement. Parfois la phrase s'émaillait d'un mot rare dont on se demandait s'il était nécessaire, parfois elle se prolongeait au-delà des limites du souffle et finissait par se regarder un peu, mais c'étaient des défauts véniels quand on voyait tout ce qu'Anne réussissait, le filet de sensations dans lequel elle nous attrapait, la vie intense dont étaient animés tous ses personnages, même lorsqu'ils ne traversaient le récit que de manière fugitive.

On a dîné à la grande table, sur cette placette que j'aime, sous la tonnelle où la glycine n'allait pas tarder à éclore. Marcus, qui travaille à la cave de l'autre côté de la place, a ouvert trois bouteilles de rouge, accordées d'après lui non seulement à ce qu'on mangeait, mais à l'écriture d'Anne : « L'accord vin et littérature. La base. » Camille nous a rejoints, avec des fromages de l'étal du magasin. On était une douzaine, une partie de la bande que Nisi in angulo a fédérée au fil des années. Des gens qui publiaient et étaient un peu reconnus, d'autres qui n'écrivaient pour l'instant que pour eux-mêmes, et une saine majorité qui n'avait aucune envie d'écrire. À côté des quatre de la librairie, la bande mêlait des enseignants, des ingénieurs, actifs et à la retraite, une pharmacienne, deux architectes, une disquaire, une psychanalyste, un réparateur de vélos. Ayant plus ou moins le temps de lire, mais tous mordus, dans tous les cas, passant souvent, du genre à rester debout à lire dans les rayons, ne repartant jamais les mains vides, même lorsqu'ils étaient simplement venus dire bonjour. Cette bande-là évoluait sans obligations et presque sans rituels. On était libres de s'en éloigner sans se le voir reprocher, mais on n'avait en général pas envie de s'éloigner : c'était la source vive.

Rien n'aurait été plus facile que de parler du sujet de l'heure, de le laisser tout engloutir. Par un accord tacite, personne ne l'a évoqué. La conversation a pu se ramifier selon ses arborescences habituelles. Nous parlions de beaucoup de choses, mais surtout de ce qui nous liait : la passion des mondes fictionnels, le besoin permanent d'apprendre, le désir de faire dans nos vies le plus de place possible pour l'art.

Nous parlions de la grandeur invraisemblable des classiques. De ceux qui ont déployé une force et une volonté qui paraissent surhumaines, et de ceux au contraire qu'on aime parce qu'ils sont tourmentés, faillibles et fragmentaires, entravés par leurs doutes, infiniment humains. Je ne peux pas dire que je préférais les uns aux autres. Je me sentais plus proche des seconds, mais je trouvais beau qu'ils coexistent et aient écrit ensemble ce qu'on appelle littérature.

Nous parlions de nos contemporains. Des raisons pour lesquelles celles et ceux qui avaient le plus de succès n'étaient en général pas celles et ceux qui le méritaient le plus. Même si Tanguy avait fondé une librairie volontairement exigeante, dans un coin de la ville qui était loin d'être le plus passant, nous étions condamnés à vendre par palettes des livres pour lesquels nous n'avions que peu d'estime, et à voir beaucoup de ceux que nous recommandions ne s'écouler qu'au compte-gouttes. Pourtant je crois que nous avions le feu. Une propension à l'enthousiasme jusque dans nos grandes engueulades.

J'ai soutenu, ce soir-là, que les romans de Sandra Pérol, qui publiait à un rythme de métronome, n'étaient jamais mauvais, mais jamais vraiment bons non plus, trop romantiques, en deçà de ce dont on la sentait capable. « C'est facile de faire du beau, ai-je attaqué, en ne parlant que de belles choses. » Gaëlle et Marcus trouvaient que j'avais la dent dure, ils aimaient sa phrase échevelée, sa manière de faire agir une forme de destin sans transformer ses personnages en marionnettes, et puis c'était une fille fine, très sympa, attachante, et ses romans étaient comme elle, des amis fiables avec qui on se sent bien. En revanche Gaëlle, comme Dounia d'ailleurs, avait été déçue par le dernier Hugo Tomey, qui ne publiait pas trop, lui, mais qui passait sa vie à voyager, collectionnant les expériences et les nanas, ce qui aurait pu ne pas être un problème, vu qu'il ne se la jouait pas viriliste, s'il n'avait eu cette tendance à bâcler la fin de ses livres, comme s'il n'arrivait pas à contenir l'énergie qu'il y avait mise et que le roman, dès lors que ses lignes de force convergeaient, lui paraissait trop pénible à manier, trop lourd, de sorte qu'il préférait le laisser éclater.

Les noms des écrivains, comme ceux des cinéastes, nous servaient de terrain commun, mais aussi de terrain neutre, où il était facile de se retrouver quitte à se foutre sur la gueule.

On discutait de ça sans surplomb, avec une exigence critique tempérée d'indulgence. On savait tous je crois que le grand art est rare. La réussite parfaite était peut-être accessible quand un projet se voulait modeste et s'inscrivait dans un genre déjà bien codifié, mais dès qu'il s'agissait de faire entrer en littérature des aspects de la réalité qui ne s'y prêtaient pas forcément, ou d'inventer une forme en agençant des formes déjà existantes, il était moins question de réussir pleinement que d'essayer encore et encore, pour *échouer mieux*, selon le mot de Samuel Beckett auquel on se réchauffait parfois.

Auteurs ou non, nous étions d'ailleurs bien placés, dans la bande, pour savoir combien le métier était dur. L'homme qui, à ma droite, monopolisait sans scrupules la tapenade et le fromage de chèvre, j'ai nommé Sami Habani, continuait de travailler à son triptyque couvrant un siècle d'histoire dans le massif de l'Atlas : il était dessus depuis six ou sept ans, et avec toute l'admiration que j'avais pour le gaillard et ce qu'il avait fait avant, j'étais impatient de lire le texte, mais Sami se montrait si discret sur le sujet que je n'étais pas sûr qu'il en ait écrit plus de cent pages, et il m'arrivait de penser, avec tristesse, que ce livre ne verrait jamais le jour, voire qu'il n'existait pas. Quant à Paola Ciletta, tellement douée pour les fragments en prose, qu'elle écrivait entre deux consultations et qu'elle lisait parfois à la Cave-Poésie, elle avait achevé un roman qui ne trouvait pas d'éditeur. Elle en souffrait, ne s'en cachait pas, et on le déplorait avec elle, mais comme on se l'était avoué, lâchement, en son absence, ça ne relevait pas de l'injustice, puisque le manuscrit montrait qu'elle ne tenait pas la distance. Il était facile de critiquer le principe d'une architecture narrative, de dire qu'on n'en avait pas besoin pour écrire. Il était plus complexe de soutenir l'intérêt sur des centaines de pages en décidant de s'en passer, ou d'en concevoir une qui tienne vraiment le choc quand on ne s'était pas intéressé de près à cette dimension de l'art de la fiction.

Ce soir-là nous avons fêté l'amitié et la littérature avec une gaieté un peu désespérée. Vers 1 heure du matin, alors que nous avions bu deux fois plus que d'habitude, pour être sûrs que l'alcool nous aide à contenir l'angoisse au cas où l'ivresse du dialogue ne serait pas suffisante, Tanguy m'a demandé si j'avais des nouvelles d'Igor. Il voulait dire Igor Mumsen, dont le nom n'est pas si connu mais qui est un si grand poète, et qui habite près de chez moi. Mumsen atteindrait fin avril ses quatre-vingt-dix ans, Tanguy voulait faire quelque chose, célébrer ça dans les règles, mais il ne l'avait pas vu depuis un certain temps, ni à la librairie, ni au hasard de la ville, et avait l'impression qu'il ne devait plus beaucoup sortir. J'ai avoué que je ne savais pas. Je lui avais écrit deux mois avant, il m'avait répondu le lendemain, éludant mes questions sur sa santé, me parlant de l'art du thé dans *Nuées d'oiseaux blancs* de Yasunari Kawabata, mais ça ne voulait rien dire sur son état de forme, les choses vont vite à cet âge. J'ai demandé aux autres. Paola, presque déjà partie, est revenue sur ses pas. Elle l'avait croisé au marché du boulevard de Strasbourg, accompagné par une femme d'une cinquantaine d'années. Une belle femme aux traits graves, peut-être japonaise. Aucun d'entre nous ne voyait qui ça pouvait être. Probablement une collègue qui l'aidait à réviser une traduction, ou une chercheuse qui travaillait sur son œuvre et était venue l'interviewer.

« Il t'a paru comment ? » ai-je demandé. « Je l'ai vu une seconde à peine. Tu sais, moi je le connais pas bien, je n'ai pas osé le saluer. » Il était visible qu'il avait du mal à marcher, il s'appuyait au bras de la femme. Alors ça pouvait aussi être quelqu'un qu'il employait pour lui faciliter la vie. Est-ce que lui, qui était si jaloux de son autonomie, se serait résolu à accepter de l'aide ? J'ai pensé à Igor s'extirpant de son fauteuil et se baissant dans un soupir involontaire pour atteindre les rayonnages bas de sa bibliothèque. Je l'ai vu monter sur son escabeau, faire un mauvais mouvement, chanceler. J'ai vu l'escabeau de bois renversé sur le tapis, et les plis traîtres du tapis. Dans la période qui s'ouvrait, moi qui étais son proche voisin, et qu'il tenait je crois pour un ami, il allait m'incomber de prendre plus souvent de ses nouvelles, de l'aider dans son quotidien peut-être – de répondre présent, en tout cas.

5

Et aussitôt après, tout a fermé. Le lycée de Maud, la crèche de Diego, la librairie, la plupart des commerces. Les rideaux de fer et les stores se sont baissés pour ne plus se relever, comme si on était entrés dans la stase d'un dimanche infini, ou qu'il faisait nuit en plein jour et que le soleil était une autre forme de lune.

Je n'ai pas eu le temps de penser à grand-chose, parce qu'il y avait les enfants. Nous leur avons expliqué la situation du mieux que nous avons pu, en les réunissant, puis en prenant chacun à part, puisque leur capacité à comprendre et les répercussions que la crise aurait pour eux étaient très différentes.

J'ai senti tout de suite combien ce serait dur d'affronter cette épreuve avec les enfants. En temps normal déjà, nous sommes quatre personnes avec des besoins très distincts, pas évidents à concilier, avançant cahin-caha, d'un compromis frustrant à l'autre, mais face aux événements en cours, ce serait pire, aucun de nous ne serait libre et n'aurait ce qu'il voulait.

J'ai senti tout de suite, avec la même intensité, que c'était une chance que les enfants soient là. Ils étaient la plus éclatante des raisons pour lesquelles c'est tout de même une bonne chose que les humains existent. Sous leur regard il faudrait se tenir droit, encaisser, endurer. On se sentirait plus coupables chaque fois qu'on flancherait, mais on serait aussi moins enclins à flancher. La barque allait être chargée et difficile à manœuvrer. Au moins elle ne coulerait pas.

Voilà le genre de choses que je me répétais, les premiers jours, avec une insistance suspecte – conscient que ça n'était pas une prédiction, mais un espoir ténu, ou une forme d'exorcisme.

Pour Diego ces débuts devaient ressembler à des vacances où nous ne serions pas partis, des vacances monotones, sans sa mère qui continuait à aller au travail, sans voir d'amis et presque sans sortir, autant dire des vacances qui ne ressemblaient à rien qu'il ait déjà vécu, ce qui ne l'empêchait pas de s'adapter, bien sûr, puisque faire face à l'inconnu relève pour lui de l'expérience quotidienne, qu'il se tient chaque jour à la pointe de ce qu'il sait et devant tout ce qu'il peut apprendre ou expérimenter.

J'ai passé beaucoup de temps à jouer avec lui. Nous avons construit des châteaux que j'immortalise avant que la guerre ne les détruise, et des réseaux ferrés si mal administrés qu'il n'arrête pas de s'y produire des collisions catastrophiques. Il ne se lasse pas de courir aux quatre coins du salon, tête renversée et bras en l'air, à la poursuite d'un ballon d'hélium, ni de le regarder se dégonfler au petit bonheur la chance quand au lieu de le nouer je le laisse partir en vrille.

N'empêche : je ne suis plus un enfant, je ne sais pas m'immerger dans le jeu, ni dans les contes que je lui lis, et où chaque épisode se reproduit à trois reprises presque sans variation. Je me raccroche au rire de ses yeux, au sérieux de son visage, à ses marques d'absorption à lui. Pas sûr que ça suffise à faire de moi le compagnon de jeu qu'il mérite. Il doit deviner que ce qui me plaît, c'est de sentir sa présence contre moi et de le regarder, plus que l'activité que nous avons choisie. D'ailleurs il énumère les copains de crèche, demande s'ils sont à leur maison, s'il les verra demain. Il s'enquiert du jour de la semaine, répète avec perplexité, lundi, ou bien, jeudi, ce qui doit bien vouloir dire que pour lui aussi le temps est hors de ses gonds.

J'ai beau l'emmener faire le tour du quartier en draisienne, puis la porter et le faire courir pour qu'il se dépense, il ne sait pas comment se débarrasser, le soir, de l'énergie qu'il a encore. La nuit, il se réveille de nouveau, saisi de cauchemars qui lui font tressauter la poitrine. Il ne perd pas simplement la poupée qui lui sert de doudou : elle disparaît, on la lui pique. Malgré la lumière de la veilleuse, malgré la porte qu'on laisse ouverte et notre présence tout à côté, quelqu'un entre dans la chambre, s'assied au pied de son lit, et ce quelqu'un lui veut du mal.

Pour Maud c'est pire. Elle est coupée de tout ce à quoi elle tient. Elle ferme son visage et s'enferme dans sa chambre, se replie dans le silence. Je toque. Je glisse par la porte entrebâillée des amorces de conversation. J'essaye de voir avec elle comment elle peut donner une structure aux journées. Cela fait deux ou trois ans qu'elle est très autonome dans son travail scolaire, alors j'en parle le moins possible, elle n'aime pas que je lui demande des comptes. Je cherche plutôt à voix haute des aspects positifs à une situation qui n'en comporte aucun. Je lui dis qu'elle est pleine de ressources, qu'elle ne sera jamais à court de livres à lire, de films à voir ou de choses à dessiner. « Ce n'est pas le problème, papa. »

Le problème c'est d'avoir dix-sept ans et d'être arrachée aux amis, à la frénésie dingue de la vie avec les amis. Je comprends. De ma seconde à ma terminale, j'avais à peine quitté les gens devant le lycée que je les retrouvais au téléphone. Les relations mouvantes au sein de la bande étaient de loin le feuilleton le plus addictif que nous connaissions. Rater une sortie ou une soirée, c'était ne pas participer à certains délires et ne pas comprendre grand-chose aux allusions qui en gardaient la trace, qui venaient étoffer le répertoire des répliques possibles et finissaient par constituer un langage privé joyeusement ésotérique.

Même si elle ne s'ouvre pas tellement à nous de ces choses-là, je me doute que le pire du pire, c'est de ne pas voir Younès Taouch. Il est venu quelquefois à la maison. Un gars félin, avec des saillies pleines d'une arrogance touchante, sans doute timide au fond. Il n'est pas resté dormir pour l'instant, mais on s'est dit avec Camille qu'il serait de bonne politique qu'on se barre en week-end et qu'on leur laisse l'appart, bientôt, ou qu'on prenne une chambre en ville. J'aime assez cette idée de dormir à l'hôtel dans la ville où j'habite.

« Mais j'imagine que vous allez tchatter, vous appeler par visio. » Elle répond que ça ne remplace pas. Je ne vais pas prétendre le contraire, j'enragerais tout comme elle de vivre un amour empêché. « Dis-toi que… Je sais pas. Ça se serait produit quand on avait ton âge, on n'aurait pas eu toutes ces possibilités. » Je n'ai pas plutôt prononcé ces mots que j'en regrette la maladresse. Justement, rétorque-t-elle : ça ne s'est pas produit lorsqu'on avait son âge. Il fallait que ça tombe sur elle. Et il y a quand même de fortes chances que ça ne soit que le début. « Et tu le sais très bien, papa. » Il y a des responsables à cette situation. Est-ce qu'ils vont rendre des comptes ? Est-ce qu'ils vont prendre conscience que la vision du monde qui oriente leur action depuis toutes ces années nous mène droit en enfer ? « J'y crois pas une seconde, lâche-t-elle. Ça me flingue de penser qu'ils ne vont rien changer, que la fuite en avant va reprendre comme si de rien n'était. » Je regarde son visage que le feu durcit comme un métal. L'honnêteté voudrait que je lui dise que je suis d'accord avec elle : le plus probable est que ceux qui profitent du vieux monde s'y accrocheront aussi longtemps qu'ils le pourront, avec l'égoïsme forcené dont ils font toujours preuve. Ils ont tous les moyens de savoir que le pouvoir de destruction du système l'emporte de très loin sur sa force de construction, mais ça ne leur fait ni chaud ni froid, tant qu'ils tiennent les manettes ou que ça leur rapporte des quantités invraisemblables et obscènes de pognon. Je pourrais nuancer, évidemment, mais c'est tout de même à ça dans les grandes lignes que ressemble la vérité. Est-ce qu'elle est bonne à dire ? Est-ce que c'est rassurant, quand on a dix-sept ans, d'entendre son père confirmer le bien-fondé de toutes les angoisses avec lesquelles on se débat ?

Le soir, quand on se retrouve avec Camille, on est trop épuisés pour se parler longtemps. S'occuper de la maison sans mettre le pied dehors use à peine moins les nerfs que de travailler à l'extérieur avec la crainte de s'exposer. Parfois on se détend en inventant d'autres histoires possibles, par une série de supputations qui se perdent dans les airs : on se dit que ç'aurait été plus dur si c'était arrivé lorsque Diego était bébé, que ça nous aurait gâché la fête ; mais que pour Maud ç'aurait été plus simple de vivre ça au collège, alors qu'elle sortait moins et pensait moins à son avenir. Je dis à Camille que Maud est déprimée, abattue, mais que Maud est en colère, surtout – agitée d'une colère plus politique que ce que j'imaginais, si naturelle et si profonde que je ne sais pas trop ce qui pourrait l'éteindre. Je vois Camille s'assombrir. Je me reproche de l'inquiéter, et puis je me dis que non, que j'ai raison de lui en parler, parce que ce n'est sans doute pas pour rien que cette colère me fait peur au moins autant qu'elle me rend fier.

6

Un jour j'ai tenté de me remettre au travail. J'avais plusieurs projets en tête, cela faisait des semaines que j'attendais de voir lequel prendrait l'ascendant. Je réfléchissais entre autres à une uchronie imaginant ce qui se serait passé si le Front populaire avait porté secours aux républicains espagnols, entrant en guerre contre le fascisme dès 1936, alors que l'Allemagne ne disposait pas encore d'une supériorité militaire écrasante. L'idée m'enthousiasmait, mais je craignais de me noyer dans la documentation, et d'avoir trop de scrupules à prêter à des personnages historiques des agissements ou des propos que j'allais inventer. Quoi qu'il en soit, je me suis rendu compte que je n'avais pas sous la main les livres qu'il me fallait, et j'ai cherché en vain, aussi, un cahier rouge à moitié rempli de notes, jusqu'à me dire que j'avais dû l'oublier à la librairie, où je griffonnais aux heures creuses. Le lendemain au réveil, sans être dupe du fait que c'était aussi une ruse pas très originale pour repousser le moment de m'y mettre, j'ai demandé à Maud de garder son petit frère et je suis retourné à Nisi in angulo.

Le centre-ville était désert. Les rares voitures qui remontaient les boulevards faisaient autant de boucan que dans un village où il n'en passe jamais. Dans les petites rues d'Arnaud-Bernard, même les vendeurs de cigarettes et les dealers de shit avaient cessé de tenir les murs. Je marchais à bonne allure, conscient que la police pouvait surgir à tout moment et me demander ce que je faisais là. On marchait tous comme ça, dans cette période bizarre, avec l'air dégagé qu'affectent des délinquants qui s'apprêtent à passer à l'acte.

J'ai remonté le rideau de fer, juste assez pour entrer en me pliant en deux, et j'ai allumé les lumières à l'interrupteur général. Les cartons de la dernière livraison, que nous n'avions pas déballés, encombraient le passage entre la caisse et la première table. Tout de suite, j'ai joué au jeu. Quand c'est moi qui fais l'ouverture, je commence par ça. Je me plante face à un rayon, tantôt le roman, tantôt la poésie, tantôt les sciences humaines, je ferme les yeux, parcours les rayonnages des doigts comme si j'étais aveugle, je saisis un livre, le feuillette, pose l'index sur un paragraphe, puis je rouvre les yeux et je le lis avec toute la lenteur qu'il faut pour que chaque mot m'affecte. Ce n'est pas un horoscope. Ce n'est rien censé m'apprendre sur ma journée ou sur la vie. Juste un de ces rituels enchanteurs dont même les athées ont besoin. Ce matin-là, c'est tombé sur quatre vers d'Anna Akhmatova, dans son premier recueil, qu'elle publie en 1912 : « Je vois tout. Je me rappelle tout. / Avec humilité, avec amour, je le garde. / Il n'y a qu'une chose qui toujours m'échappe, / Et dont jamais je ne me souviendrai. »

Ensuite, je ne me suis pas pressé. J'ai profité de tout le silence. Lorsque j'ai décidé de travailler en librairie, ce n'est pas seulement parce que l'écriture ne nourrit pas et que je dépéris si on me prive de lecture, c'était aussi pour me retrouver comme ça, seul avec eux, seul face à plus de livres que je ne pourrai jamais en lire. Le silence de ce matin-là était particulier, plus cristallin que d'ordinaire en l'absence des bruits de la rue. Il était parti pour se prolonger des semaines ou des mois, mais ça ne me paraissait pas pour autant être un silence complet ou un silence de mort. Si les milliers de titres que nous avions en stock avaient pu s'animer, sortir de leurs rayons comme une nuée de lépidoptères, tourner leurs propres pages et se lire eux-mêmes à voix haute, l'espace se serait empli d'un vacarme mémorable. Les cris et les murmures, ils hantent les livres comme les vieilles pierres. Et ceux qui sortent des livres parlent d'une voix plus personnelle, avec des mots moins vagues, dont certains vous atteignent au cœur.

Je suis allé chercher mon cutter pour déballer les trois cartons. À plus de soixante-cinq ans, c'est la tâche dont Tanguy ne veut plus, qu'il nous délègue sans faire de manières, à Gaëlle, Dounia et moi. Libraire indépendant, ça se résume aussi comme ça : une vie à se péter le dos en maniant des cartons trop lourds dans un espace trop exigu.

J'ai parcouru le rayon consacré à la guerre d'Espagne, mis de côté quelques livres. Puis j'ai cherché en vain mon cahier rouge dans la remise sans fenêtre qui nous sert de bureau. J'allais abandonner lorsque j'ai entendu un bruit qui ne venait pas de ma tête. Je me suis immobilisé. J'ai attendu une confirmation. Le bruit existait vraiment, dans le monde extérieur. Quelqu'un se tenait à l'entrée. Une silhouette d'homme coupée par le rideau de fer, chaussures montantes en bas d'un jean. J'ai lancé : « Qui va là ? » Je me suis surpris moi-même à prononcer ces mots. Comme on avait bouclé la ville, j'endossais semble-t-il assez spontanément l'armure de la sentinelle arpentant les remparts. L'homme a franchi le seuil, s'est redressé, avec son blouson de cuir et ses cheveux gris noués en un éternel catogan, s'est retenu de m'embrasser et s'est foutu de ma gueule. C'était donc à ça que ressemblait ma vision du chômage technique ? « Je ne te paye pas à travailler, moi », a dit Tanguy Jolas. Selon toute apparence, je ne pouvais pas m'en empêcher. Et lui ne valait pas tellement mieux, puisqu'il revenait aussi. On s'est fait un café, qu'on a bu à petites gorgées en regardant les lieux du crime.

Je crois qu'il faut que je vous parle de la vie de Tanguy Jolas, pour que vous compreniez dans quel genre d'atmosphère j'ai travaillé un jour sur deux, depuis bientôt vingt ans. Je suis loin d'en savoir là-dessus autant que je le voudrais. Il y a des épisodes sur lesquels il s'attarde, d'autres sur lesquels il reste très évasif. Chaque fois que je l'incite à écrire ses mémoires, il joue les modestes et prétend que ça n'en vaut pas la peine. En fait il faudrait que je m'y colle, que je l'interroge de façon plus méthodique, parce que Tanguy Jolas a un parcours qui n'a rien de banal.

Ce que je sais, c'est que dans la décennie 70, il a fait partie de ceux qui ont estimé devoir choisir entre les livres et les armes. Longtemps, Jolas a cru que sa génération réussirait à déclencher, en se donnant le droit de rêver à voix haute, une révolution qui porterait la politique et l'art à leur point de fusion. Il était peut-être plus en colère encore que Maud, et moins désillusionné d'avance. Lorsqu'il a quitté sa Bretagne natale et est arrivé à Toulouse, il a traîné ses guêtres dans le souk du gauchisme, navigué entre les trotskistes, les maoïstes et les libertaires sans se sentir obligé de prêter allégeance. Il a passé beaucoup de soirées à refaire le monde, en cercle sur des tapis, dans des apparts où les imprimantes ronéo barricadaient les salles de bains.

La manif que Jolas m'a souvent racontée, c'est janvier 74, alors que Salvador Puig Antich, résistant à Franco, venait d'être condamné à mourir par strangulation dans une prison de Barcelone. Bien qu'ils aient assumé de castagner avec les flics, ils n'avaient pas réussi à investir la représentation espagnole, coincée entre la préfecture et la cathédrale Saint-Étienne – mais ce jour-là il y avait du monde, au moins, une foule unie dans la détestation du régime de Madrid. Cela dit, il ne fallait rien idéaliser, puisque Jolas avait gueulé en apprenant que les anarchistes s'étaient orientés par dépit vers le centre culturel espagnol, une cible plus facile, dans le quartier des Chalets, et que la bibliothèque là-bas avait pris feu. « Si on se met à brûler des livres, on ne vaut pas mieux qu'eux. » Malgré ce dérapage, la manif était belle. Puig Antich a été garrotté le 2 mars 74. Il avait vingt-cinq ans.

Tanguy Jolas avait beau faire preuve d'endurance dans les discussions militantes, il y avait des jours où il préférait bouquiner au café ou se caler dans des cinémas. Il s'est pris de passion pour les poèmes et les essais de Pier Paolo Pasolini et il lui a écrit. Il lui a dit qu'il partageait sa crainte que 68 se réduise bientôt à un combat de jeunes bourgeois pour prendre la place des vieux bourgeois, et que derrière la remise en cause de la famille, de la tradition, de la religion, on prépare moins le terrain pour l'émancipation collective que pour l'asservissement au règne de la marchandise. Contre toute attente, Pasolini a répondu. Il a fait remarquer à Jolas que si tant de gens criaient à tout bout de champ le mot *révolution*, c'était parce qu'ils craignaient de regarder le réel en face et de voir qu'ils avaient perdu. Sur les feuillets que Jolas a conservés, l'écriture est rapide, sans rondeurs ; Pasolini mange les boucles des *p* et des *e* et il décale les points des *i*. La culture de masse portée par la télévision, poursuivait-il, détruisait bien plus radicalement l'âme du peuple italien que ne l'avaient fait les fascistes. Tanguy Jolas s'est enhardi, l'a invité à venir. Il fallait qu'il expose ses idées à Toulouse, il y avait beaucoup de gens ici que ces constats arracheraient au confort de leurs poses. Pasolini a dit qu'il essayerait, bientôt, sans avancer de date. Un mois plus tard, on l'a retrouvé roué de coups de bâton et écrasé par sa propre voiture sur une plage d'Ostie. « Je n'ai jamais cru, raconte Jolas, à cette histoire de gigolo et de passe qui aurait mal tourné. Je me suis tout de suite dit que c'était un assassinat politique, que cet homme dérangeait de toutes parts, mais j'ai aussi senti qu'on ne saurait jamais la vérité. » Une fois, sur notre placette, je me rappelle que nous sommes restés tard, avec Marcus, Dounia et lui, à parler des zones d'ombre de cet assassinat, des quatre hommes descendus d'une deuxième voiture, des rétractations tardives du soi-disant coupable et du chapitre manquant de son roman *Pétrole*, dont les feuillets ont disparu ou n'ont jamais été écrits. Nous avons remué de l'ombre, comme ça, pendant des heures, fait bouger les figures d'un grand théâtre d'ombres, et l'ombre s'est encore épaissie.

Après la mort de Pasolini, Jolas avoue avoir pensé un temps qu'on ne viendrait à bout des résurrections du fascisme et de la violence du capital que les armes à la main. À force de suivre dans les journaux les équipées de la Fraction Armée rouge et des Brigades rouges italiennes, il s'est dit qu'il n'était pas trop tard pour créer à Toulouse l'équivalent français de ces organisations. Il y avait dans la région pas mal de gens que le système révulsait et qui n'avaient pas grand-chose à perdre. Avec quelques amis, lors de conversations qui n'étaient pas sérieuses dans leurs prémices, mais qui pouvaient le devenir pour peu que leurs conclusions emportent l'adhésion, ils ont échafaudé une casuistique pour savoir qui ils estimeraient légitime de tuer. Un dirigeant de banque, pourquoi pas, s'il était le bailleur de fonds d'une industrie sale, ou le patron d'une usine, s'il était connu pour faire subir l'enfer à ses employés – mais à la condition qu'il n'y ait pas de risque d'atteindre leur famille, leurs chauffeurs ou leurs gardes du corps. Ils ont rêvé d'une lutte sans victimes collatérales, parce qu'ils sentaient que la frontière entre la révolution et la criminalité de droit commun ne se signale par aucune douane. Puis il y a eu une autre nuit de mort, le 18 octobre 77, à la prison de Stammheim. Andreas Baader, Gudrun Ensslin et Jan-Carl Raspe ont été retrouvés dans leur cellule, les hommes troués de balles, Ensslin pendue avec du fil de haut-parleur, et même s'ils étaient condamnés à la perpétuité, Jolas a eu du mal, une fois encore, à adhérer à la version officielle, qui parlait d'un pacte de suicide. « Là non plus, de toute façon, on ne saura jamais. »

L'automne suivant, Bernard Stiegler s'est fait coffrer. Le cas n'avait pas grand-chose à voir, mais il a compté pour Jolas, parce qu'ils étaient amis. Petit gars de banlieue parisienne, Bernard Stiegler s'était installé dans le Lot-et-Garonne pour élever des chèvres. La sécheresse de 76 ne lui a rien laissé pour nourrir son troupeau, qu'il a dû faire abattre. Il est descendu à Toulouse et a repris un bar à putes, qu'il a nommé L'Écume des jours, et où il a organisé des concerts de jazz avec la complicité spectrale de Boris Vian. C'est là que Jolas l'a connu, pétillant d'intelligence, mais pas vraiment parti pour être le philosophe qu'il est devenu. Les débats sur John Coltrane ou Ella Fitzgerald soudaient autant les habitués que ceux que nous avons sur les livres. Je crois que mes parents y sont allés aussi, une ou deux fois, mais c'était un milieu plus libre qu'ils ne l'étaient et ça les a intimidés. J'aurais dû les interroger tant qu'il en était encore temps sur ce qui les a marqués dans les soirées là-bas. J'ai demandé à Tanguy, à l'inverse, s'il les avait croisés, mais il se réfugie derrière ce qu'il appelle sa très mauvaise mémoire et dit qu'il n'en sait rien.

Quoi qu'il en soit, l'endroit s'est mis à être fréquenté par des gauchistes et des drogués, qui n'étaient pas toujours les mêmes. Bernard Stiegler comptait la caisse la tête ailleurs. Il n'avait pas d'autorisation de découvert et s'est de nouveau retrouvé dans la dèche. La police surveillait les lieux de près. Puisqu'on le traitait en délinquant, il s'est dit qu'il ne lui restait plus qu'à se comporter comme tel. Il s'est mis à braquer des banques à main armée, même s'il ne lui serait pas venu à l'idée de s'improviser assassin. « La balle dans le canon, a-t-il répété à partir du moment où il s'est confié sur ce passé, c'était pour moi, pas pour les gens. » Au quatrième braquage, la police l'a chopé. Il a été jugé et écroué à Saint-Michel. Jolas s'est rendu compte qu'il ne voulait pas tomber comme ça, pour un acte infra-politique, une connerie sans résonance. Au même moment, un de leurs amis de L'Écume des jours a fait une overdose. Ils se sont reprochés, dans la bande, de n'avoir pas su le protéger, et comme ce désir de voir les copains rester en vie longtemps n'était pas compatible avec l'ambition, si démangeante soit-elle, d'abattre le capitalisme, Jolas est allé chercher sa carabine dans le sous-sol de la cité universitaire où elle était planquée, l'a lestée de grosses pierres et l'a jetée dans la Garonne. Il s'est rendu compte qu'il voulait vivre vieux, et libre. Il a récolté de l'argent auprès de ses amis et a repris un bail au nord de Saint-Sernin, au cœur d'Arnaud-Bernard, sur une placette où il n'y avait alors ni glycine, ni caviste, seulement une vieille cantine où les libertaires espagnols mangeaient de la tête de veau ou d'autres plats du jour à un franc.

En taule, Bernard Stiegler a fait la grève de la faim pour obtenir une cellule individuelle : c'était la condition pour lire et pour s'entendre penser. Tanguy Jolas a constitué son fonds et a décidé que le lieu s'appellerait Nisi in angulo. Ça vient d'une phrase qu'on prête à Thomas von Kempen, un moine qui a vécu au XVe siècle dans la vallée du Rhin. *In omnibus requiem quaesivi et nusquam inveni, nisi in angulo cum libro.* Ce qui donne à peu près : J'ai cherché dans tout l'univers le repos et je ne l'ai trouvé nulle part ailleurs que dans un coin, avec un livre. À ceux qui lui ont fait remarquer qu'une phrase latine tronquée ne faisait pas une enseigne populaire, il a répondu « Je vous emmerde », et il a peint lui-même d'une belle peinture bleu nuit les grandes lettres de métal. Stiegler a entrepris des études de philosophie. Jolas a décidé qu'il ne laisserait pas ses clients couler sa boutique en pratiquant le vol révolutionnaire, comme c'était arrivé à Paris à François Maspero, contraint de fermer La Joie de lire. Ni Dieu ni maître, peut-être, mais on ne jouait pas contre son camp.

Quand Jolas allait voir Stiegler, ce dernier lui racontait que l'expérience carcérale opérait une réduction de l'être à presque rien, à partir de quoi tout pouvait être refondé. « Le monde n'est plus là, le seul truc qui me reste, c'est le savoir, ce sont les livres, c'est l'écriture et ce qui peut se passer dans ma tête. » Moi je connais mal Stiegler, je ne l'ai pas tellement lu, mais ce n'est pas par hasard que je repense à ces mots, aux jours du grand enfermement.

Tanguy Jolas a diversifié ses lectures. Il a vendu Françoise d'Eaubonne aux militantes du Mouvement de libération des femmes, Georges Bataille à une tripotée d'autodidactes givrés, et toujours Lénine et Trotski, Ivan Illich et Guy Debord, qu'on ne vend quasiment plus. Au fil du temps, il a vu prospérer d'autres librairies de la ville, Ombres blanches en particulier, que Martine et Christian Thorel ont fait grandir, de bâtiment en bâtiment, au sud de la place du Capitole, et il a pris conscience que pour sa part il préférait rester petit. Son chiffre d'affaires ne l'encourageait pas vraiment à investir. Surtout, pour voir plus grand, il aurait fallu changer de lieu. Or il n'y songeait pas. Il s'était attaché à notre placette. « On est planqués », répète-t-il, et on sent que c'est pour lui un motif de fierté bien plus que de remords.

Au début du troisième millénaire, il a repéré un jeune homme qui squattait souvent les rayons au lieu d'aller en cours. On a sympathisé. Il n'avait pas de quoi m'embaucher à plein temps, ce qui m'arrangeait plutôt, puisque je voulais écrire. On n'a pas fait le même genre de choix : il n'a pas eu d'enfant, il est célibataire, la librairie c'est toute sa vie, mais ça ne nous empêche pas de nous comprendre à demi-mots. Je crois qu'il aime ce que j'écris, mais je ne suis jamais sûr pour autant qu'il me considère comme un bon écrivain. De temps à autre il me lance, surtout depuis la naissance de Diego, que ça l'emmerderait que la librairie m'empêche d'avancer. Il me cite Mark Twain, qui dit apparemment que si c'est ton métier de manger des grenouilles vivantes, la meilleure chose à faire est de commencer par ça, de bon matin. Et que si tu dois chaque jour avaler deux grenouilles, il vaut toujours mieux commencer par manger la plus grosse. Ça ressemble un peu trop pour moi à un mantra de carte postale, mais bon, je vois ce que ça veut dire quand même, et c'est gentil à lui de s'en préoccuper.

J'admets que le travail en librairie a quelque chose pour moi d'assez ambivalent. C'est parce que je ne peux pas gagner ma vie en laissant les autres vendre mes livres que je la gagne en vendant les livres des autres. Bossant ici, je ne peux pas refouler la multitude invraisemblable des livres qui existent. Je ne sors pas du vertige. Je reçois les représentants qui me font miroiter des nouveautés en cascade, qui me demandent de me projeter vers la saison suivante alors que j'ai lu le dixième de ce qui m'intéresse dans la saison en cours, je compulse les catalogues de grandes maisons et une voix en moi se demande comment mes livres peuvent réussir à exister dans une production pareille. D'autant que dans ce commerce, la nouveauté ne chasse pas le fonds. Le roman qui vient de sortir subit encore la concurrence légèrement déloyale d'Homère et de Virginia Woolf. Je ne peux pas en vouloir à la personne qui ressort d'une librairie avec un de leurs livres plutôt qu'avec un de ceux d'Elias Torres – je ferais exactement la même chose à sa place. Je visualise cette personne qui a tourné entre les tables, laissant tomber ses idées initiales, repartant avec au moins une œuvre dont elle n'avait jamais ne serait-ce qu'entendu parler, et je me ressaisis : cette multitude, c'est une promesse de bonheur. Et cela vaut pour moi aussi. Ça me rassérène de penser ça : tant que j'aurai toute ma tête, les livres seront là pour moi, ils seront au rendez-vous, ils ne me feront jamais défaut.

Pour que l'enthousiasme, en moi, résiste toujours au flux, j'ai mis au point quelques techniques. Je continue de prendre le temps de lire en entier et lentement les livres qui ont sur moi un pouvoir d'envoûtement. J'accepte de me faire un avis sur beaucoup d'autres en quelques coups de sonde. Et puis je me fie à Tanguy, à Gaëlle, à Dounia, à la bande des amis auteurs, aux représentants que je connais bien, à nos clients fidèles, à des critiques que je sais fiables, à d'autres libraires aux quatre coins du pays. Il y a comme ça des livres dont j'ai tant entendu parler que je peux dire que je les ai lus, mais pas personnellement.

Sans blague, j'aime le métier, et sous beaucoup d'aspects je crois que je le fais bien. Je suis bon pour parler du fonds, pour évoquer des livres vieux de cinq siècles avec le même appétit que ceux qui vont paraître. Je suis bon pour cerner le client et trouver l'argument qui fait mouche, pour évoquer le plaisir que j'ai eu moi et susciter le désir chez lui. La librairie, c'est à mon sens le terrain d'étude idéal pour les anthropologues et pour les psychologues qui s'intéressent à la nature mimétique du désir. J'ai une très bonne mémoire des titres, des noms d'auteurs, des couvertures, même de livres que je n'ai pas ouverts. En revanche je suis brouillé avec les chiffres. Je ne veux pas me mêler de la gestion, ni des commandes, je trouve ça très bien que ça reste la chasse gardée de Tanguy.

Il refuse les romans à l'eau de rose, les essais des politiciens qui préparent leur retour après avoir traversé le désert à genoux, les livres qui affirment sans vergogne leur statut de purs objets de consommation. Comme on nous demande de plus en plus souvent des livres qui réconcilient avec la vie, qui expliquent comment vivre mieux ou comment se détester moins, il feuillette en revanche ce qui relève de ce genre, écarte ceux qui participent à son sens d'une crétinisation de masse, sauve tous ceux qui peuvent constituer un point d'accroche pour amener à la lecture les gens qui ne lisent pas ou plus. « Quelqu'un qui associe les livres au souvenir de moments agréables, explique Tanguy Jolas, même s'il a arrêté de lire, même si ce sont de mauvais livres qui lui ont fait ces bons souvenirs, eh bien, ce quelqu'un-là n'est pas perdu pour la littérature. »

En début de soirée, il ajuste les réassorts sans se préoccuper de l'activité des concurrents. Les bases de données font le bilan de ce qu'ont vendu les autres, et à quelles quantités exactes. On peut se faire des nœuds au cerveau en se disant qu'on a raté des ventes. Tanguy refuse ce jeu. En écoutant Stiegler, il s'est convaincu qu'internet, comme toute technique puissante, est un *pharmakon*, à la fois poison et remède, mais dès qu'il y navigue plus de quelques minutes, il se sent nauséeux, hume plutôt le poison et refuse de le boire. Il n'y peut rien s'il aime le contact direct, la présence physique et l'odeur du papier. Je sais que c'est une faille. On lui a dit cent fois qu'il était temps de mettre du pognon pour refaire notre site. Je lui ai répété ce matin-là encore qu'être si peu connectés à notre lectorat risquait de nous jouer des tours, dans la situation présente.

Mais lorsqu'on se rappelle d'où Tanguy Jolas vient, force est de reconnaître qu'il s'est déjà bien assagi. Il vient de la haine de Franco, de la plage d'Ostie, de la nuit de Stammheim. Il a la tête trouée du plomb des années 70. Il restera toujours un peu loup, et on ne demande pas à un loup de se transformer en chien. Ou quand on le demande et que cela arrive, quand on est là pour voir cette métamorphose, on sent monter en soi une tristesse étrange, qui reste assez diffuse, mais qui n'en finit pas.

7

Entre-temps, loué soit le génie de la logistique, mes jerry-cans étaient arrivés à bon port. Je ne raconte pas les choses dans l'ordre, hein, autant se mettre au clair là-dessus. Ou pour être précis, je raconte dans l'ordre globalement, mais pas dans l'ordre exactement, parce que le quotidien est confus, que ça partirait dans tous les sens et que ça serait pénible pour vous. Même si tout indiquait que la crise dehors s'aggravait, l'eau coulait de nos robinets avec une fluidité impeccable. L'électricité fonctionnait à merveille. Tout le confort moderne continuait de nous être assuré, car le cauchemar ne répond pas à ce que notre peur anticipe : c'est dans notre dos qu'il surgit, ou devant nous mais à l'improviste.

Face au gigantesque carton qui envahissait le salon, je me suis senti ridicule. Camille a jeté un œil et s'est abstenue de toute remarque. Je n'arrivais pas à savoir si elle m'avait passé cette démarche comme un coup de folie contre lequel il ne servait à rien de se battre, ou si elle était rassurée de voir que les jerrycans étaient là, au cas où, sans qu'elle ait eu à s'en préoccuper. On était sur les nerfs, on se répartissait les choses de la vie pratique en évitant tant bien que mal de trop se concerter ou d'intervenir dans les tâches dont l'autre se chargeait, pour ne pas passer notre temps à nous clasher pour des broutilles.

Bêtement, j'avais imaginé que les jerrycans seraient livrés pleins, que j'achetais de l'eau. Je n'avais acheté que les contenants. Est-ce qu'il fallait tout de même en remplir quelques-uns, au point où j'en étais ? Ou ne rien faire tant que ne courrait pas la rumeur de coupures du réseau ? Je me suis dit que je pouvais reporter cette décision, en me renseignant d'abord pour savoir combien de temps l'eau resterait potable une fois dans les bidons. Qu'ils soient pleins ou restent vides, si je voulais les stocker à la cave et qu'on puisse encore, je ne dis pas y circuler, mais au moins y entrer, l'urgence était plutôt de faire de la place.

Je suis descendu armé de tout mon sens critique et j'ai listé ce dont on pouvait se débarrasser. Il y avait un carton de vaisselle dont on ne se servait pas. Quelques bouteilles que des convives nous avaient apportées lors de soirées, passées inaperçues dans la mêlée et découvertes le lendemain avec circonspection, des liqueurs de prune asiatiques, des vins rouges australiens qui ne m'inspiraient rien sur le coup et qui ne s'étaient sûrement pas bonifiés depuis. Ces cartons-là, je vous les ai foutus dehors, et vous pouvez me croire quand je vous dis que ça n'a pas traîné.

Ensuite il y avait nos archives, à Camille et à moi. Les classeurs de nos années d'études. Nos agendas de lycéens, émaillés de mots d'amis dont on avait été très proches, et qui avaient disparu de nos vies. Des souvenirs d'écoliers de mes parents, plus rares, donc plus incontestables. Et toutes les notes préparatoires de mes premiers romans. Ça représentait beaucoup de travail, des milliers d'heures de travail, et il m'en faudrait quelques dizaines d'autres pour classer et trier tout ça. Il ne pouvait pas être question de tout jeter sans discernement. Le sens commun voulait que je conserve une sorte d'échantillon, quelques cours donnés par des profs que j'admirais, un devoir où j'avais eu le sentiment de me dépasser un peu, et du côté de mon travail d'adulte, non pas les nombreuses versions intermédiaires du texte que j'avais eu besoin d'imprimer, mais certainement les pages que j'associais à un grand bonheur d'écriture, et les notes séminales où le livre à venir se dessinait. Camille m'a confirmé qu'elle n'avait ni le temps ni l'énergie de faire ce boulot de son côté. Moi je trouvais ça dangereux. Je craignais de constater, en me replongeant dans ce passé, non seulement que le temps filait, mais surtout que ça n'était rien, ces vingt ans de travail, juste beaucoup de papier noirci – les pauvres vestiges matériels que je laisserais derrière moi. Ça ne prenait pas tellement de place, en plus. Ça ne m'avancerait même pas tellement dans mon grand ménage de printemps. Alors j'ai pris bonne note du fait qu'il faudrait que je m'y colle, bientôt, je veux dire dans pas trop longtemps, et j'ai regardé le reste.

Le reste, c'étaient surtout les affaires de Diego. Le couffin de ses premiers mois, la baignoire en plastique, son tapis d'éveil, sa chaise haute et son lit à barreaux. Le lit avait déjà servi à Maud. Elle est arrivée par hasard, notre fille, sans doute trop tôt. On n'avait pas construit grand-chose. On était très jeunes dans nos têtes. On était loin d'avoir renoncé à la fête, aux nuits et aux voyages. On l'a entraînée dans des équipées où une petite fille n'avait peut-être pas sa place, et on l'a très souvent confiée aux grands-parents, aussi. Comme ça, au moins, elle les aura connus. Le lit est resté à la cave près de douze ans. Si je racontais l'histoire du point de vue de ce lit, je serais contraint de faire une ellipse, ou de raconter sur un autre rythme, car même pour un lit à barreaux aux exigences vitales modestes, ces douze ans ininterrompus de réclusion à la cave n'ont pas dû être trépidants. Il a dû jalouser ma valise baroudeuse, ou la gloire saisonnière de notre ventilateur. Un jour on est venus le chercher, on l'a remonté à l'appart, nettoyé et réassemblé, lorsqu'on a eu envie d'être des parents quadragénaires après avoir été des parents de vingt-cinq ans. Je revois Diego faisant la sieste dans ce lit, les bras relevés et encadrant sa tête, les poings serrés sur des fils de laine arrachés à ses pulls. Au matin, j'ai souvent trouvé ce lit déserté, parce que le petit garçon avait jugé bien plus malin de finir la nuit blotti contre les seins de sa mère. J'ai noté la date à laquelle, d'abord comme si c'était un jeu qui ne l'engageait pas, il s'est essayé à dormir dans *un lit de très grand*. Je me rappelle les fois où il en est tombé – la chute de son corps compact amortie par le moelleux du tapis, et son air d'absence ahurie quand nous venions le recoucher. À ce compte, j'aurais pu attendre dix ans de plus, pour qu'il y ait une chance que le lit serve aux enfants de Maud, pour que les bébés de Maud dorment dans le lit de Maud bébé. Les larmes me seraient montées aux yeux, en voyant ça. Mais bon. Je ne pouvais pas toujours me cacher derrière des alibis.

J'ai posté une annonce, et ce viatique pour jeunes parents a trouvé preneur le soir même. Les heureux acquéreurs n'étaient, cela étant, pas sûrs d'avoir le droit de le récupérer. Est-ce qu'on pouvait parler d'achats de première nécessité, alors que leur bébé ne naîtrait que dans trois mois ? Les règlements laissaient ce genre de blancs, pour le bonheur des amateurs d'ergotages juridiques. Ils sont tout de même venus le lendemain. Nous avons avancé les sièges avant de leur voiture et incliné les sièges arrière pour faire rentrer les montants de bois et surtout le sommier. Ils m'ont salué de la main, ont dit merci encore, ont démarré. J'ai regardé la petite enfance de mon dernier enfant disparaître au coin de la rue.

Une fois nettoyée et rangée, la cave n'était pas un endroit désagréable. On s'y sentait très loin de la lumière du jour, mais elle est parfois si violente ici que l'oublier fait du bien. Le sous-sol était sain, on ne croisait ni souris ni rats. Dans la vie ordinaire, on devait entendre la rumeur des voitures. En leur absence surnaturelle, il ne restait plus que les borborygmes des canalisations, un bruit de pas ou d'ascenseur, quelques cliquetis métalliques d'origine incertaine. Un samedi après-midi, alors que je n'en pouvais plus de mon appartement, des lessives à étendre, de la déprime qui ternissait le visage de Maud, des jouets à ramasser, de voir cette déprime contaminer le visage de Camille, de la vaisselle à laver, de ma tête qui ne valait pas mieux que celle de ma femme ou de ma fille, je suis retourné à la cave alors que plus rien ne m'y appelait. J'ai pris prétexte d'y descendre le vieux fauteuil recouvert de tissu dans lequel ma mère lisait ses magazines et faisait ses mots croisés. Je l'ai posé au milieu de la pièce, je m'y suis enfoncé et j'ai regardé autour de moi. C'était désormais mieux rangé ici que là-haut ; là-haut la vie à quatre recréait sans cesse du désordre ; ici personne ne touchait à rien. C'était reposant. Même plus que reposant : c'était le repos. Il n'y avait rien à faire. Rien n'agaçait la vue et ne déviait les pensées. Elles pouvaient se déployer, trouver leur allure propre, sans s'accrocher en circulant à d'autres choses susceptibles de les parasiter. J'ai commencé à me dire que j'avais besoin de la cave. On pouvait m'interdire de sortir dans la rue, comme les rues étaient à tout le monde, mais pas de m'enfermer si c'était mon désir dans ce lieu qui m'appartenait. J'ai senti mon angoisse se teinter de bonheur. J'avais trouvé le refuge, la cachette, la tanière. Le coin d'ombre à l'écart du monde dont parle Thomas von Kempen.

Alors, dans le vieux fauteuil de ma mère, la voix de ma mère a retenti. Je l'entendais qui me parlait. Je savais que les mots étaient de moi, mais le ton était le sien, un peu réprobateur de me voir toujours si ambitieux et si insatisfait. Je l'écoutais, dans ces cas-là, en me disant qu'elle avait raison, mais en sentant que cette voix de raison et de modestie interrompait mes confidences et me coupait dans mon élan. Je me suis dit, ou le spectre de ma mère m'a dit, la plupart des humains ont vécu des choses pires, Elias. Tu as de quoi manger. Tu dors au chaud. Tu as de quoi te laver, tu peux en te levant enfiler des vêtements propres. Personne ne va venir t'enrôler pour la guerre ou te voler ton argent. Personne ne va forcer la porte de ta maison pour tuer ta famille ou pour te torturer. Tu as une cave à toi. Tu viens t'y réfugier si tu en ressens le besoin. Tu n'es pas obligé. Les bombes continuent à tomber, mais c'est ailleurs qu'elles tombent. Les rues sont tenues par les gangs, les balles se perdent, les magasins sont vides, les balles visent juste, ça assassine, mais dans d'autres pays, au-delà des mers. Tu es béni Elias. Tu as eu l'enfance douce. Tu as pu grandir sans te battre. Combien de temps ça fait, dis-moi, que tu ne t'es pas battu avec tes poings ? L'angoisse vient te rendre visite, je sais, j'étais pareille, mais tu ne vis pas constamment dans la peur. On ne t'a pas agressé, on n'a pas abusé de toi, on ne t'a pas violé. Les femmes de la famille ne peuvent pas toutes en dire autant. Tu fais partie des préservés, alors que tant de gens, que ça se voie ou non, avancent en rescapés. Tu as pu faire des choix, réfléchir et construire ta vie comme tu le voulais, tandis que beaucoup d'autres se contentent de survivre. Tu as vécu les années douces, Elias. Et l'autre voix en moi répondait, oui, maman. Je sais. Je sais tout ça. La violence a reculé, chez nous. Il y en a moins, on la voit mieux, on peut mieux la combattre. Je suis né dans la paix, dans le silence des armes, pas dans l'aisance mais dans le confort. Sauf que c'est en train de changer, maman. La violence va monter, partout, là où elle terrifie encore et là où elle avait reculé. Si des régions entières deviennent invivables, si les ressources s'épuisent, elle ne va pas tenir longtemps, la paix. Toi tu n'es plus là pour le voir. Moi non plus je ne serai plus là, peut-être. Mais ça va arriver. C'est en train d'arriver.

Et sur ces bonnes paroles, je me suis arraché à la sérénité de la cave et je suis remonté à l'appart. C'était la fin d'après-midi, Camille était sortie pour défouler Diego, Maud était sur son lit et écoutait de la musique au casque. Posé devant l'ordinateur, j'ai demandé à internet quelles étaient les pires années que l'humanité a vécues. Ce n'était semble-t-il pas une question idiote. Il y avait des pages consacrées à ce sujet, des listes désinvoltes conçues pour faire du clic, mais aussi des articles sérieux, citant des scientifiques. D'autres personnes s'étaient posé la question avant moi. C'est la grâce d'internet : d'autres personnes s'y posent toujours la question avant nous.

Comme je m'y attendais, le milieu du XXe siècle se défendait bien en la matière, avec ses chambres à gaz, l'abominable défilé de toutes les atrocités nazies, le goulag soviétique, les camps chinois, la famine du Grand Bond en avant qui a fait à elle seule trente millions de victimes, le siècle de progrès, breveteur de formidables innovations comme les génocides et les régimes totalitaires, au dernier tiers duquel je suis né.

La fin de la Première Guerre mondiale et la grippe espagnole, c'était pas mal non plus : l'épidémie était semble-t-il apparue au Kansas, dans un élevage de volaille ; elle avait franchi l'océan avec les jeunes soldats américains qui débarquaient en France, infestant les poumons de populations affaiblies par quatre années de conflit, et elle avait ravagé l'Europe, l'Inde et la Chine, tuant au moins trois fois autant que ne l'avait fait la guerre. À l'automne 1918, les villes d'Amérique et d'Europe étaient paralysées : ceux qui n'étaient pas alités avec une bronchite ou une pneumonie craignaient de se faire contaminer et refusaient de se rendre au travail.

En remontant dans le temps, il y avait aussi, dans le même ordre d'idées, le cœur noir de la peste noire, de 1347 à 1352. La vulgate voulait qu'elle soit apparue lors du siège de Caffa, alors que l'armée mongole catapultait ses morts par-dessus les remparts pour démoraliser ses adversaires génois. En fait, c'étaient sûrement les rats, au cours de leur navette consciencieuse entre assiégeants et assiégés, qui avaient transmis aux humains leurs puces vectrices du bacille.

Je connaissais ces exemples-là, j'aurais pu les deviner. Il y en avait d'autres dont je ne savais rien. Je n'avais jamais entendu parler de 1876, avec ses pics de chaleur sur l'Atlantique et l'océan Indien : le phénomène El Niño avait réduit à rien les moussons asiatiques, et la sécheresse avait sévi de l'Inde à l'Indonésie, de la Chine au nord-est du Brésil, engendrant une des plus horribles famines que le monde ait connues et sans doute cinquante millions de morts.

Une date revenait, surtout, apparemment incontestée, et qui ne me disait rien non plus. 535-536. C'était cela, la réponse. À en croire Michael McCormick, titulaire à Harvard d'une chaire d'archéologie et d'histoire médiévale, 535-536 marquait le début de la pire période de l'histoire de l'humanité. Ces années-là, il s'est produit un phénomène que les humains de l'époque n'ont pas su s'expliquer. Un brouillard a obscurci le ciel et masqué le soleil pendant un an et demi. Le soleil brillait au mieux quatre heures par jour, même au plus fort de l'été. On le cherchait des yeux et on ne distinguait plus que sa silhouette fantôme, floutée par la poussière. Il ne rayonnait plus, il luisait comme la lune. Aux alentours de midi, d'après le témoignage du sénateur Cassiodorus, les habitants de Rome se retournaient et ils cherchaient en vain au sol l'ombre portée de leur corps.

Le climat s'est refroidi. Les fruits ne mûrissaient plus, les céréales ne poussaient pas. Les gens ont eu peur que le soleil ne brille plus jamais comme avant. On a recensé, en Mésopotamie, des chutes de neige si fortes qu'elles ont fait périr les oiseaux. En Chine, des tempêtes de poussière jaune ont dévasté les campagnes et envahi les villes. La neige est tombée au mois d'août et a condamné les récoltes. Dans la province de Xi'an, ceux qui voulaient survivre ont mangé les cadavres. Une sécheresse létale s'est mise à régner, entrecoupée seulement par le tambourinement de la grêle, ou par des inondations si massives que les crapauds et les grenouilles ont investi les branches des arbres. L'empereur du Japon a expliqué dans un édit que l'or, l'argent, les coffres remplis de perles ne servaient absolument à rien quand on mourait de faim et de froid.

Autour de la Méditerranée, la peste est apparue. Elle surgit, ai-je appris, quand les changements de météo sont brusques, que des précipitations abondantes, qui font proliférer insectes et rongeurs, sont suivies de sécheresses qui les forcent à migrer pour trouver de quoi se nourrir. L'historien byzantin Procope de Césarée affirme qu'elle est sortie d'Égypte en l'an 541. Il faut dire que les chrétiens aiment que les fléaux sortent d'Égypte. Elle gagne Constantinople, où règne Justinien. Les habitants tombent comme des mouches dans les vieux quartiers de la ville, leur ventre éclate, leur bouche vomit des torrents de pus. Les troupeaux sont à l'abandon, ils vagabondent jusque dans les montagnes et ravagent les cultures. Rien que dans la capitale, il meurt dix mille personnes par jour, et Justinien doit faire creuser des fosses communes immenses, sur les collines du nord. À partir de ce moment, la peste va et vient par poussées successives, pendant deux siècles. Le commerce n'est pas assez intense pour qu'elle gagne l'intérieur des terres, mais elle sévit partout où vont les humains et leurs rats, les rats et leurs puces, les puces et leurs bacilles, longeant les côtes et remontant les fleuves, de l'Italie à la Syrie.

J'ai fermé les onglets des articles les plus généraux et j'ai tenté d'en trouver d'autres, aussi précis que possible. Je ne sentais plus mon corps, j'ai continué à lire. Ce qui a suivi 535-536, étais-je en train de découvrir, c'est la période la plus froide de ces deux derniers millénaires. Le pire refroidissement climatique de notre ère géologique. On ignorait tout du sujet il y a vingt ans, mais les progrès technologiques donnaient dorénavant aux historiens les moyens de chercher tous les indices pour corroborer les témoignages d'époque. C'est dans le bois et dans la glace que se trouvent les preuves. Que ce soit en Finlande, en Sibérie, au Chili ou en Tasmanie, les arbres ont quasiment arrêté de pousser : on le voit à leurs anneaux de croissance et à leur bois moins dense. Et les glaces, quant à elles, au Groenland, en Antarctique, dans les Andes et les Alpes, ont conservé des traces des chutes de neige acide et des tempêtes de poussière induites par la sécheresse. D'après ce que je lisais, on pense que ce brouillard et cet hiver de dix-huit mois ont été suscités par une éruption volcanique, ou par l'impact d'un objet sidéral, par exemple un astéroïde dont un morceau serait entré dans l'atmosphère sans se désintégrer. La piste volcanique était la plus probable. On cherchait le volcan coupable. Les articles sur lesquels je tombais n'étaient pas assez développés pour me livrer son nom, ou peut-être qu'il n'y avait pas de suspect privilégié. On parlait de l'Islande, de l'Indonésie, du Salvador. Étant donné, d'ailleurs, l'ampleur du dérèglement climatique qui s'en était suivi, il s'agissait peut-être d'éruptions répétées d'un seul et même volcan, ou d'une série noire d'éruptions à quelques mois d'écart dans plusieurs zones du globe.

J'ai relevé les yeux. Je lisais depuis une heure, je n'avais pas senti le temps passer. Camille m'a appelé pour savoir si je venais dîner, j'ai répondu que je n'avais pas faim, que je travaillais. Je me suis surpris à dire ces mots. Ç'aurait été beau que ce soit vrai. Ce n'était peut-être pas loin d'être vrai : je découvrais quelque chose, je travaillais. J'ai regardé comment approfondir. Un autre historien américain, Peter Drysdale, enseignant, lui, à Chicago, avait consacré un livre à ce refroidissement climatique. Cette catastrophe était d'après ses recherches un des fondements du monde moderne : elle avait hâté le déclin d'empires partout sur la planète, et permis que de nouvelles forces émergent et marquent l'Histoire de leur empreinte. Le livre n'était pas traduit et il n'existait pas sous forme numérique, il faudrait que je trouve un moyen de me le procurer. L'autre nom qui revenait, c'était celui de ce Byzantin, Procope de Césarée, qui a tenu la chronique des nombreuses guerres de Justinien. Ses livres étaient édités aux Belles Lettres. On n'avait pas ça à la librairie. Nos collègues d'Ombres blanches et de Privat ne les avaient pas non plus en stock. Je me suis mordu la lèvre. Les bibliothèques étaient fermées. On ne pouvait plus rien commander, toute la chaîne était à l'arrêt, pour peut-être des mois encore. Je n'étais plus habitué à désirer un livre sans pouvoir mettre la main dessus.

Je suis réapparu au salon, parmi les miens, un peu tremblant, presque fantomatique. Ce soir-là Diego a eu du mal à s'endormir. On a renoncé à regarder un film, avec Camille, et je me suis assis à côté de son lit, pour qu'il sente ma présence le temps que le sommeil vienne. Dans la pénombre, j'ai murmuré, Procope de Césarée. Tout de même, le nom me disait quelque chose. Je me suis demandé si je n'avais pas vu certains de ses livres chez mon ami Igor Mumsen, qui traduisait le grec, entre autres compétences rares, et possédait d'impressionnants rayonnages de littérature antique. Il faudrait que je lui demande. Je me trompais peut-être, mais ça ne coûtait rien de vérifier. De toute façon, je m'étais promis de lui rendre visite depuis trop longtemps maintenant. Je l'avais promis à Tanguy, et je ne l'avais pas fait. Rien de plus facile à repousser que les visites aux personnes âgées quand ce n'est pas nous qui en avons la charge. Ces temps-ci, c'était pourtant une des dernières raisons qui permettaient de sortir. J'avais été si isolé que le risque était faible. Et je me suis rendu compte, surtout, alors que la respiration de Diego avait trouvé son rythme et que le sommeil m'envahissait aussi, que la compagnie d'Igor Mumsen faisait partie des choses qui me manquaient.

8

Igor Mumsen logeait tout à côté de chez moi. Il n'y avait, à vol d'oiseau, que cent cinquante ou deux cents mètres entre ses fenêtres et les miennes. Nous habitions tous deux au cinquième et dernier étage d'immeubles de briques un peu anciens, pas très bourgeois, mais non sans charme. Je ne donne pas l'adresse exacte : même si j'éprouve pour vous une sympathie instinctive, je n'ai pas forcément envie que vous débarquiez chez moi. Disons que c'est quelque part entre le premier cercle des boulevards et le canal du Midi. Je lui avais proposé de passer prendre le café. Lui avait insisté pour m'inviter à déjeuner, en m'assurant qu'on maintiendrait les distances réglementaires. J'aurais pu partir avec quelques minutes d'avance, mais je suis sorti dès 11 heures pour me dégourdir les jambes. La vie était devenue si sédentaire, on passait tant de temps claquemurés qu'il fallait saisir les occasions de liberté conditionnelle. J'ai pris une direction strictement opposée à ma destination finale et fait le détour par l'hypercentre, histoire de voir l'ambiance qui y régnait. Même sous la torture, je n'aurais pas avoué publiquement que j'aimais certains aspects de cette période catastrophique, mais je peux malgré tout admettre si ça reste entre nous qu'elle avait des attraits pour les gens qui comme moi vivent dans la fascination des paysages urbains. Il n'y avait plus personne en ville, on ne voyait plus que la ville elle-même. J'avais parfois eu ce sentiment au petit matin, en rentrant de soirée, mais là c'était plus net, ça n'était plus le privilège de l'aube. La ville était toute nue. Les façades me regardaient de leurs yeux rectangulaires, et je me rappelais qu'elles aussi étaient faites pour être regardées, avec leurs ornements, leurs styles d'architecture, comme on compulse un livre ancien à la recherche de ses plus belles planches ou de ses enluminures.

Tout en marchant d'un pas rapide, je repensais aux raisons pour lesquelles je ne voyais pas souvent Mumsen. Cela tenait beaucoup au fait qu'il refusait de se servir d'un mail ou d'un portable. Parfois on s'écrivait : il était l'une des rares personnes pour lesquelles je glissais dans les boîtes aux lettres jaunes qui parsèment la ville des lettres parlant d'autres choses que d'argent et d'administration. Le plus simple était de sonner chez lui, mais comme c'était un homme très occupé, pas toujours en bonne forme et pas toujours d'humeur sociable, je ne me sentais pas autorisé à débouler à l'improviste. Il fallait donc soit espérer qu'on se croise dans le quartier, soit affronter l'épreuve de l'appeler sur son fixe. Mumsen mettait un temps infini à répondre.

Chaque fois que je laissais le téléphone sonner, au lieu de me représenter son appartement, que pourtant je connaissais un peu, je voyais un long couloir, d'abord entièrement vide, puis où quelqu'un, flouté par le contre-jour, avançait avec la lenteur d'un danseur de butō. Comme si le téléphone était difficile à atteindre. Comme si au lieu d'être placé à portée de main, on l'avait séparé des pièces à vivre et posé sur une table ou sur un guéridon au bout de ce couloir que chaque sonnerie allongeait. C'est au moment où je commençais à me dire qu'il n'était pas chez lui qu'il finissait par décrocher. Dès qu'il m'avait identifié, sa voix était gagnée par un enjouement qui faisait plaisir à entendre. On se connaissait depuis son arrivée en ville, il y a quinze ans, et chaque année il mettait une seconde de plus à me reconnaître au bout du fil. J'avais du mal à parler fort, à articuler mieux, à dire que j'étais Elias Torres, j'avais le sentiment que c'était une insulte à son intelligence, et pourtant c'était nécessaire. Sa surdité restait bénigne quand on lui faisait face, mais lorsque la voix transitait par ces câbles dont, pour être honnête, je ne comprends pas par quel miracle ils arrivent à transmettre le son, elle devenait handicapante. L'appel ne durait que deux minutes, le temps qu'il m'enjoigne, « Passez », ou qu'on convienne de l'endroit où se retrouver en ville. Depuis deux-trois ans, on se voyait surtout chez lui, donc c'était plutôt ça que j'avais l'habitude d'entendre : « Venez, venez. » On se vouvoyait. De tout mon entourage, c'était avec Igor Mumsen que le vouvoiement était le plus agréable et le plus chaleureux.

Hormis les files interminables devant les commerces alimentaires, qui rappelaient Cuba ou l'Union soviétique à cette différence majeure qu'au bout de l'attente on était sûrs de pouvoir acheter ce qu'on voulait, à l'exception de ces silhouettes-là, étrangement espacées sur la longueur des trottoirs, personne ou quasiment personne. Je m'étais déjà assez accoutumé à ce désert des rues pour me sentir surpris lorsque, en arrivant au square derrière la place du Capitole, j'ai vu quelques enfants, âgés peut-être de cinq à dix ans, qui jouaient tout seuls et semblaient avoir échappé à la surveillance de leurs parents. Il faut avouer que dans ce quartier largement piétonnier, ils ne risquaient pas grand-chose. Aux quatre coins de la place, les gamins s'affairaient, tentant des sauts en skate, décrivant des boucles impavides au guidon de leurs trottinettes, se renversant pour rouler sur la roue arrière de leurs vélos. Je me suis assis sur un banc pour assister à ce spectacle. Je voulais voir de la vie, être emporté par une joie contagieuse. Dans peu de temps, Diego aurait cette agilité-là. Il faudrait que je le laisse faire, pour ne pas l'inhiber, tout en lui apprenant à ne pas être trop casse-cou. J'avais réussi avec Maud, qui savait mesurer ses risques, mais avec un garçon ce serait sûrement plus dur, puisque l'esprit de compétition viril les pousse à faire n'importe quoi.

Un grand soleil brillait au calme. Des rues environnantes, il arrivait d'autres enfants, en volées de moineaux. Une fois sur la place, chaque bande trouvait son coin et se mettait à vaquer à ses occupations, mais au bout d'un moment les groupes se mélangeaient et n'étaient plus repérables. Ce n'étaient pas les enfants d'autrefois. Et pas même les enfants d'hier. Au lieu de piailler, de se courir après, ils échangeaient quelques mots à voix basse chaque fois qu'ils se croisaient. Ils s'adressaient des signes. De temps à autre, leurs têtes se levaient vers le donjon du Capitole, et suivant leurs regards, je me suis demandé ce qu'ils avaient en ligne de mire : est-ce que c'était le dragon en métal que la flèche du sommet transperçait ? Ou bien l'horloge, plus bas ? Les gamines qui sont arrivées après pédalaient au guidon de vélos équipés de remorques où s'entassaient des sacs de toile. Avec leurs jeans troués, leurs survêts, leurs doudounes ornées de cols en fourrure synthétique, les gamins étaient désormais une cinquantaine, trop nombreux pour n'être que des camarades d'école, ou pour que leur regroupement en violation de toutes les règles ne soit pas concerté. J'ai mieux regardé leurs visages. S'il y avait eu parmi eux les gosses d'amis à moi, je crois que je me serais mis à passer des coups de fil. Mais non : je n'en connaissais aucun. J'étais le seul adulte à la ronde, imperceptible sur son banc, et je me voyais mal leur demander ce qu'ils trafiquaient.

Onze heures et demie ont sonné à l'horloge du donjon. La troupe des enfants s'est mise en branle et a commencé à descendre la rue d'Alsace-Lorraine. Les grandes cyclistes tenaient le milieu du cortège, les skaters et trottinetteurs en occupaient les flancs. J'espère que *trottinetteur* ne vous fait pas tomber de votre fauteuil. Quand une réalité s'impose, il faut bien que les mots embrayent. Je me suis levé à mon tour, j'ai suivi le groupe de loin. Ils allaient de l'avant, leurs yeux glissaient sur moi sans confirmer en rien ma prétention à l'existence. Soudain j'ai entendu un bruit de verre qui éclate. La vitrine d'un magasin de fringues venait de rendre l'âme sous une pluie de projectiles. Les gamins s'approchaient des remorques et prélevaient de grosses pierres dans les sacs. C'étaient les galets que le fleuve arrondit, ou ces pierres aux angles plus aigus avec lesquelles on bâtit les murets. Ils les soupesaient, s'approchaient déjà de la boutique suivante, lançaient de toutes leurs forces ces armes par destination. Si l'impact initial ne dessinait sur la vitrine que des cercles concentriques, ils ne se décourageaient pas, couraient chercher d'autres munitions ou finissaient le travail avec d'autres moyens. Les préposés aux remorques distribuaient des battes de base-ball, redoutables d'efficacité même dans les mains des plus petits. Les préadolescents se débrouillaient comme ils pouvaient, faisant tournoyer leurs skates ou leurs trottinettes pour les abattre sur les parois affaiblies. Et lorsque les vitres explosaient, projetant des milliers d'éclats de verre à l'intérieur des magasins, ou sur les dalles de la rue semi-piétonne, ils étaient fiers, elles avaient réussi leur coup, ils ne criaient même pas, elles arboraient le sourire de la sérénité silencieuse. C'étaient les enfants d'aujourd'hui.

Appliquant cette méthode, ils sont venus à bout d'une parfumerie, d'une boutique de stylos et de montres, et des portes vitrées de plusieurs grands magasins. Les sirènes ont retenti. Ce n'était pas la police, qui n'était au courant de rien ou avait décidé de ne pas intervenir, mais les alarmes de sécurité, montant dans les aigus, radicales d'impuissance. Les gamins n'entraient pas. Ils ne pillaient rien. Elles avaient mieux à faire. L'artère commerçante était longue et le temps leur était compté. À un moment, tout de même, une grappe humaine s'est formée devant la devanture d'un caviste. Cette fois-ci des bras ont plongé pour rafler des bouteilles d'alcool. Les petites mains habiles ont dévissé les bouchons, arraché de leurs vêtements des lambeaux de tissu, glissé ces mèches dans les goulots. Ceux qui étaient fin prêts à brandir leurs cocktails ont demandé aux autres s'ils n'auraient pas du feu, des allumettes ou un briquet. C'était sans compter qu'aucun d'eux n'avait plus de dix ans, qu'aucun ne fumait, que personne ne paraissait avoir anticipé cette opportunité. Alors ils ont renoncé, sans dépit apparent, les plus bravaches prenant une gorgée au goulot, la plupart recrachant aussitôt d'un air de franc dégoût, parce que c'étaient vraiment des boissons pour adultes. J'ai levé les yeux. Des riverains se penchaient aux fenêtres, s'égaraient en imprécations que la décence empêche de rapporter, ou restaient muets au contraire, se laissant happer contre leurs principes et leur confort par l'esprit de destruction. Cela faisait longtemps qu'ils n'avaient pas vu cette rue si joyeuse et si belle.

Quand l'armée des enfants a eu fini de ravager des dizaines de boutiques sur trois ou quatre cents mètres, le plaisir du travail accompli leur est monté aux joues.

Je ne peux pas dire que leurs visages se sont apaisés : ils s'étaient d'emblée montrés unanimes dans la détermination, ils partageaient un certain goût du jeu, mais ne trahissaient aucune rage. Les batteurs ont sorti des lingettes pour effacer de leurs instruments de travail leurs empreintes digitales, les ont déposés dans les remorques, ont mis leurs mains dans leurs poches et sont partis en sifflotant. Les cyclistes sont montées en danseuse pour gagner de la vitesse et prendre la tangente. Bientôt les combattants n'ont plus été que trente, puis vingt, puis quinze. Ils s'égaillaient dans les petites rues. Il était temps de rentrer peut-être, leurs parents devaient les attendre pour déjeuner, ç'aurait été idiot de pousser le bouchon trop loin et de se prendre une gueulante. Les riverains avaient refermé leurs fenêtres, par crainte qu'un projectile perdu ne leur fracasse le crâne.

Je me suis retrouvé seul dans la rue jonchée de bris de verre. C'était une vision étrange, mais pas une vision inédite. Ça me rappelait d'autres heures sidérantes : celles de la matinée du 21 septembre 2001, le jour de l'explosion de l'usine AZF. L'onde de choc avait remonté la Garonne et fait voler en éclats les fenêtres dans beaucoup de rues du centre-ville. C'était dix jours après la chute des Twin Towers, on avait tous pensé qu'il s'agissait d'un attentat. Je me rappelle la ritournelle qui me tournait en tête les heures qui ont suivi. Je me disais, ce qui arrive là-bas arrive aussi ici ; à notre tour maintenant ; à qui le tour ensuite ? J'avais été si soulagé d'apprendre que l'enquête privilégiait la piste de l'accident. Un hangar mal rangé, une négligence d'industriel, l'explosion d'un gros stock de nitrate d'ammonium, c'était une sale affaire, mais moins traumatisante qu'une attaque terroriste pensée et planifiée. Plus tard, ce mois de septembre indélébile est devenu le cadre de mon premier roman. J'étais sur le campus du Mirail, ce matin-là. Les toits de la salle se sont écroulés. Les vieux ordinateurs ont poussé une plainte étrange, juste avant d'imploser. J'ai perdu le sommeil quelque temps. J'ai découvert les crises d'angoisse. On était des milliers dans ce cas. Les échardes de verre sous la peau…

J'étais là, dans la rue, seul, les bras ballants. Rien ne recommençait. Les événements surprennent. J'ai pensé que je ferais mieux de me tirer au plus vite, moi aussi, si je ne voulais pas de nouveau être accusé de choses que je n'avais pas faites.

Igor Mumsen apporte le plat, un bœuf Stroganoff dont sa grand-mère lui a confié la recette sous le sceau du secret, il y a une soixantaine d'années. Il dit qu'il l'a raté, qu'elle aurait honte de lui, mais j'aimerais bien à quatre-vingt-neuf ans avoir ces mains-là en cuisine. Nous nous servons l'un après l'autre, avec nos propres couverts, avant que chacun ne s'installe à l'une des extrémités de la grande table du salon. Drôle de période, vraiment… Je lui demande s'il ne regrette pas d'être revenu habiter en ville, s'il ne serait pas mieux dans sa maison des Corbières. « C'est compliqué, dit-il. Il y a moins de risques de l'attraper là-bas, mais si ça me tombe quand même dessus, je serai moins bien soigné. » De toute façon, la liste de ses ennuis de santé est longue, et elle rend la chose impossible. Il a aimé par-dessus tout être proche de la nature, il a besoin maintenant d'être proche d'un hôpital. Ça ne l'a jamais passionné, la santé, la maladie. « C'est de moins en moins intéressant à mesure que c'est plus prévisible. »

Il préfère largement me parler de son travail. Cela fait des années que ses pas le mènent au Muséum, et depuis quelques mois les idées nées de ses visites là-bas prennent une forme définie. Il veut en faire un recueil, qui s'ouvrirait par un long poème en prose consacré à la tectonique des plaques. « Vous connaissez la salle qui montre le petit film là-dessus ? Je m'assois là, ça repart de la vieille Pangée, c'est apaisant, je le regarde en boucle. » Il y a soixante-dix millions d'années, seul l'océan s'étendait là où a émergé le territoire de ce qu'on appelle la France. « Et pendant que nous parlons, la Méditerranée se rétrécit, elle va disparaître bientôt, je veux dire d'ici quinze ou vingt millions d'années, l'Afrique et l'Europe et l'Asie ne seront plus qu'un seul continent. » Ceux que la chose emmerderait ne seront plus là pour la voir, regrette Mumsen avec malice. Un autre poème évoquera les espèces reliques, celles qui ont survécu aux extinctions de masse et subsistent sous des formes proches de celles qu'elles avaient au Dévonien, comme les nautiles dont le corps n'occupe qu'une des loges de la coquille en spirale, ou les cœlacanthes qui hantent les profondeurs de l'océan Indien. Cela l'ennuie que le Muséum soit fermé, il aurait besoin d'y retourner, de vérifier des détails.

On est passés côté salon pour prendre le café. Mumsen s'est assoupi dans son fauteuil, j'ai hésité à faire pareil, ou à me relever pour prendre congé, mais il m'a arrêté d'un geste : il n'en avait pas pour longtemps. Après que j'ai vu le sommeil l'emporter dans une autre dimension, j'ai ôté mes chaussures pour que le parquet ne me trahisse pas et je me suis mis à progresser centimètre par centimètre le long des bibliothèques qui couvraient les murs du salon et des couloirs. J'imagine que je cherchais Procope de Césarée. Ou que je tentais de mieux connaître Igor Mumsen, en me faisant une idée plus nette de ce qu'il avait lu. Cela étant, on ne sait jamais ce qu'on cherche quand on espionne dans la bibliothèque d'un autre.

Assez vite je me suis rendu compte que j'aurais aimé me retrouver seul dans cet appartement, quelques jours, ou au moins quelques heures, pour fouiller à loisir. Il avait plus de place à la campagne, ce que je voyais là ne représentait qu'une partie de ses livres. Le premier trésor sur lequel j'ai mis la main était une édition originale d'*Artaud le Mômo*, illustrée de dessins de l'auteur au crayon – des anatomies mutilées, branchées sur des machines, traversées par des sortes d'éclairs ou de fulgurances. Je me suis rappelé que c'était le début qu'on prêtait à Mumsen. Lors de son arrivée à Paris pour sa dernière année de lycée, une de ses soirées marquantes a été d'aller voir Antonin Artaud qui paraissait sur scène pour la première fois depuis douze ans. La salle du Vieux-Colombier était comble, ce 13 janvier 1947. André Gide était là. Albert Camus était là.

André Breton aussi, qui avait exclu Artaud du cercle des surréalistes mais n'en finissait plus de l'admirer. Dans le public, Igor Mumsen était un des plus jeunes. Artaud était sorti de l'asile de Rodez huit mois auparavant. D'une voix perçante, presque insoutenable, il a parlé de ces réceptacles de magie noire que sont les asiles d'aliénés. Il a déclaré que les médecins vident les hommes de leur moi, les font tomber en flaques, les livrent à l'affre de mort. Il s'est plaint d'avoir, dans le bardo de l'électrochoc, rencontré un grand nombre de morts qu'il ne voulait pas voir. Il est sur scène, échevelé, erratique. Il en perd ses lunettes. Tous ses papiers s'envolent. Il est à genoux, il les ramasse. « On n'espérait pas qu'il aille bien, m'a raconté Mumsen, sinon ça n'aurait pas été Artaud, mais on ne voulait pas non plus le voir s'effondrer sous nos yeux. »

Ce n'était pas la première fois que le chemin de Mumsen croisait celui de la folie. Jusqu'à ce qu'il ait huit ans, son père exerçait comme psychiatre dans un hôpital de Moscou. La famille habitait un logement de fonction dans l'enceinte de l'établissement. Igor a fait ses premiers pas entre les jambes des patients les moins atteints de son père. Il a appris à parler en les écoutant raconter tout ce qui n'allait pas dans leur tête, c'est-à-dire également tout ce qui n'allait pas dans la Russie de Staline. Ils ont pu sortir du pays un an avant que la guerre n'éclate. La mère de Mumsen était juive, ils auraient été mieux inspirés de gagner les États-Unis, mais ils ont préféré rejoindre des proches à Strasbourg. De ses dix ans à ses quatorze ans, Igor a vécu caché dans la grange d'une ferme perdue du Morvan. Il n'avait plus de nouvelles de ses parents, qui sont morts en déportation. Les fermiers le nourrissaient et lui causaient à peine. Il a tenu en apprenant par cœur son dictionnaire de grec, des volumes fatigués de Plutarque et d'Hérodote, certaines tragédies de Shakespeare dont les tirades pleines d'injures faisaient beugler les vaches, la poésie de Pouchkine et de Rilke. La nuit, il sortait se promener dans les bois.

Sous les feux du Vieux-Colombier, Igor Mumsen a regardé Artaud que cette période avait bien abîmé aussi. « Je voulais déjà, à ce moment-là, mener une vie de poète, dit-il, mais je me suis mis à prier pour que ce soit une vie ordinaire. » Le bac en poche, il ne lui a fallu que quelques mois pour savoir que Paris ne lui convenait pas. Dans les cercles littéraires, les portes lui étaient ouvertes, tout le monde reconnaissait en lui une figure qui allait compter. Cela ne l'empêchait pas de sortir des réunions le cerveau saturé de discours esthético-politiques qu'il trouvait assommants. « J'ai eu l'occasion de constater à quel point l'avant-garde est un concept militaire, et aussi imprégné de supériorité de classe. » Chaque fois, il mettait des jours entiers à retrouver la qualité de silence qui lui était nécessaire pour écrire. Il s'est dit que beaucoup d'artistes aimaient les métropoles parce qu'ils s'y trouvaient entourés de pairs avec qui ils pouvaient se séduire, baiser, se haïr, entrer dans une émulation qui leur coûtait de l'énergie mais qui rendait leurs œuvres meilleures. Toutefois rien n'exigeait d'en faire une règle générale. « Je serais mort écrasé », dit-il. Ou bien il aurait arrêté d'écrire pour se contenter de lire les autres, parce qu'on se tait à une tablée devant ceux qui parlent trop fort.

Ensuite il a rencontré Adrienne Berdaguer – je ne sais ni où ni comment. À Paris ils auraient dû se contenter de vivre dans un appartement minable, ou prendre des métiers alimentaires, ce que Mumsen ne semble jamais avoir envisagé. Un mois de mars, ils sont partis vers le sud. Ils ont pris le train pour Avignon, ont rayonné à vélo dans le coin, n'ont pas aimé l'ambiance. Ils ont rechargé leurs vélos, d'une gare à l'autre, ont fini par trouver dans les Corbières une maison qui leur plaisait – une bâtisse abandonnée, environnée de vignes. Ni électricité, ni eau courante, mais une maison construite avec du savoir-faire, bien orientée pour résister à ce que les mauvais jours réservent en matière de pluie, et de neige, et de froid, et de vent. Une fois les travaux finis, Adrienne Berdaguer y a installé son atelier de céramique, Igor Mumsen a pu faire l'œuvre qu'il voulait. Il a entamé son dialogue avec les chemins de terre, les animaux qui fuient ou se cachent à notre approche, toutes les présences quasi absentes tellement elles sont furtives, et les poètes d'autres époques.

Quoiqu'il ait pu être caricaturé en paysagiste acharné, il a écrit souvent qu'il ne comprenait rien à la parole des arbres ou au chant des oiseaux. Si on excepte les cinq années où ils ont vécu au Japon, dans les années 60, il est resté là cinquante ans, habitant dans cette compagnie de végétaux et d'animaux qui s'exprimaient autour de lui dans des langues étrangères. C'est pour cela qu'il a pu affirmer que son œuvre était d'abord celle d'un traducteur : pas seulement parce qu'il recréait en français les textes de Thucydide, d'Anna Akhmatova, de Bashō ou de Sei Shōnagon, en laissant disparaître son nom derrière les leurs en couverture, mais parce qu'il prêtait attention à des langages non-humains et que ces traductions d'un autre genre formaient son œuvre personnelle, quand bien même il ne s'en sentait pas non plus absolument l'auteur.

Je me suis arrêté pour le regarder dormir dans son fauteuil, pris dans un sommeil lourd qui risquait de l'engluer au lieu de restaurer ses forces. Les rayonnages étaient aussi serrés que chez moi, interrompus seulement par des casiers qui abritaient des terres cuites d'Adrienne, des bols à thé, des vases de grès peints dans des tons unis ou ornés d'émaux de couleur. J'avais beau tomber de temps à autre sur des auteurs antiques, les livres que possédait Igor n'étaient regroupés ni par époques, ni par langues d'écriture, ni selon l'alphabet : si sa bibliothèque respectait un ordre, il avait l'air tout personnel, et donc assez indéchiffrable.

Depuis sa maison dans les vignes, Igor Mumsen a écrit une trentaine de livres et en a traduit un peu plus. Même s'il n'a pas chômé, la poésie circule si peu que je n'arrive pas à comprendre de quoi il a vécu. À Nisi in angulo, nous sommes fiers de vendre à l'année une soixantaine d'exemplaires de ses livres, ce qui rapporte au mieux à Igor de quoi commander un plat du jour accompagné d'un verre de vin dans un bistrot. J'aimerais savoir comment il s'y est pris pour pouvoir se tenir si superbement à l'écart des exigences matérielles – pour refuser de passer à la télévision, pour n'accepter qu'au compte-gouttes les émissions de radio et les entretiens dans la presse. Attitude cohérente avec son œuvre, bien sûr. Ce qui fait le quotidien de beaucoup d'entre nous, la vie de bureau, le bruit des machines et les néons des centres commerciaux, n'existe pas dans les pages de ses livres. Il achète les journaux, pourtant. Il se tient au courant, bien plus que la moyenne, de la politique politicienne, des aléas de l'économie ou des derniers scandales. Mais cela glisse sur lui. « Tout le monde en parle, semble affirmer Mumsen de sa voix rauque et douce. On se réveille là-dedans. On nous en rebat les oreilles. Si vous le voulez bien, je parlerai d'autres choses. » Je ne suis pas comme ça, moi. Il m'arrive de l'envier. Je me demande ce qui se passerait si j'arrêtais soudain de suivre l'état du monde et de lire sur les réseaux ce qu'en pensent amis et inconnus. Est-ce que je serais une personne plus riche ? Une personne plus pauvre ? Souvent je me demande si la littérature doit se confronter au réel dans ce qu'il a de plus massif, ou plutôt nous ouvrir à l'expérience d'un réel plus discret, secret ou méconnu.

Aimer ce que fait Mumsen, ce n'était pas gagné pour moi. Il y a une bonne partie de la poésie contemporaine que je trouve affectée, inutilement ésotérique. Je soupçonne certains poètes d'être obscurs pour se donner une apparence de profondeur, parce qu'être lisible sans tomber dans le déjà dit est une chose difficile. D'autres vont vers l'obscur parce qu'ils se sentent saisis à l'égard de la langue d'une rage de doute dont je perçois les tenants et les aboutissants, mais qui me paraît pousser trop loin l'œuvre de démolition. Elle continue à savoir dire le monde, la langue, tant bien que mal. Certains poètes ont l'air d'individus aux os de verre, qui portent plus que vous et moi sur leurs épaules le poids de l'humaine condition, et qui en parlent avec des phrases si vastes qu'elles sonneraient nulles et non avenues dans la bouche de toute autre personne. Le monde se fragmente, annoncent-ils, les villes sont invivables, les gens ne se parlent plus.

Ce qu'écrit Mumsen ne souffre d'aucun de ces défauts. Dans son travail, le prosaïque et le trivial s'absentent obligeamment du monde, mais on ne bute pas sur de la métaphysique de comptoir ou sur ce genre de déclinisme. Il n'a pas été plus complice qu'Artaud des hautes saletés de la société. Il ne les a pas combattues, il les a ignorées – comme si la région où il habitait ne connaissait pas les fermetures d'usines, les doutes existentiels ou climatiques de la viticulture, l'enclavement et l'ennui. Même quand la santé d'Adrienne les a contraints à déménager à Toulouse, la société est restée à la porte. Il a écrit sur la statue si émouvante de Nostre Dame de Grasse qu'abrite le musée des Augustins. Sur le port de Nimègue peint par Jan Van Goyen, qu'on voit dans une salle de la fondation Bemberg. L'architecture de la ville a coloré ses vers, il s'est mis de temps à autre à évoquer la foule – mais comme on parle de la houle ou des vagues. « Je fais ce que je sais faire », m'a-t-il confié une fois. Il a raison. On ne demande pas à William Turner de peindre des portraits. Peut-être peut-on voir ça comme une saine répartition des tâches. Il existe des gens pour écrire avec ce que charrie internet ou ce que nous impose la langue du management. Igor Mumsen écrit avec les vieilles intermittences du cœur, avec le rossignol qui chante encore son chant, ou avec les récits que nous ont laissés de leur séjour sur terre des voyageurs de la Chine ancienne et des troubadours occitans.

Je me retourne. Dans le fauteuil, le vieux poète s'est réveillé. Il a les yeux sur moi, des yeux mi-clos terribles qui me prennent en flagrant délit.

J'ai ouvert grand les fenêtres du salon pour aérer la pièce, puis je me suis rassis et je lui ai évoqué l'idée de Tanguy Jolas. Marquer le coup de ses quatre-vingt-dix ans, dans l'immédiat ce n'était plus jouable, mais lorsque la vie reprendrait... Igor Mumsen a réfléchi. Il ne voulait pas d'un grand raout, mais si c'était une fête entre amis, autour d'une lecture de ses textes, à la Cave-Poésie ou à Nisi in angulo, il y assisterait avec plaisir. « Simplement j'écouterai, je ne parlerai pas. Je n'ai plus rien à dire que je n'aie déjà dit cent fois. Comme vous savez, Elias, je n'ai pas réussi à acquérir beaucoup de certitudes, mais plus le temps passe, plus je me rends compte que commenter, c'est se répéter avec des mots plus faibles, parler des choses avec les mots de la langue courante, alors que précisément on a dû inventer une autre langue pour les penser, ou pour les faire sentir… »

Enfin j'ai lâché le nom de Procope de Césarée. Je ne m'étais pas trompé. Il n'a fallu qu'une minute à Igor pour extraire du bon rayonnage le gros coffret de l'*Histoire des Goths* et le volume plus mince de son *Histoire secrète*. Un frisson de joie m'a parcouru. Igor m'a raconté qu'il avait lu ça sur le tard, lorsque ç'avait été réédité, vers 1990. Le récit des démêlés de l'Empire avec les Goths, ç'avait été pour lui le point d'entrée évident, puisqu'il avait vécu l'essentiel de sa vie sur le territoire de l'ancienne Septimanie, restée un royaume wisigoth après que Clovis a fait basculer Toulouse dans le giron des Francs. Bien sûr, Procope parlait plutôt des campagnes conduites par Bélisaire pour reprendre l'Italie aux armées ostrogothes, mais voilà, c'était toute cette période, le cinquième et le sixième siècle, qui l'avait passionné alors. Il avait d'autant plus eu envie de lire sur le sujet que la nouvelle traduction de Procope avait coïncidé avec la découverte, à Toulouse, des vestiges du palais des rois wisigoths, le long de la Garonne. « Ils n'ont rien voulu en garder, hélas. Ils ont construit des résidences dessus, laides comme il faut, place de Bologne. Les étudiants de la place Saint-Pierre picolent au-dessus des ruines. Mais le palais est là. L'Antiquité est sous nos pieds. »

Igor ne se rappelait pas, en revanche, que Procope parlait de perturbations climatiques. Les années sans soleil, ça ne lui disait rien. « C'est une lecture qui date, aussi… » Dans son souvenir, le style de Procope n'était pas des plus originaux, il valorisait, en bon homme de son temps, l'imitation des maîtres, n'hésitait pas à recopier des phrases entières d'Hérodote et de Thucydide pour faire comprendre à tous qu'il marchait sur leurs traces. Ça n'en restait pas moins un personnage fascinant, puisque après avoir accompagné Bélisaire dans ses expéditions contre les Perses, contre les Vandales, contre les Goths, et avoir célébré sur des centaines de pages l'obstination de Justinien à restaurer l'Empire dans ses frontières anciennes, il s'était mis à rédiger ce manuscrit secret où il démolissait méthodiquement le grand empereur et son grand général, et révélait à la postérité leur soif d'argent inextinguible, leur corruption, leur cruauté gratuite, et leur reprochait avec amertume de n'avoir été que des pantins entre les mains de leurs femmes. « Il a pris le risque de publier ça ? » ai-je demandé. « Bien sûr que non, a répondu Igor. Ça a peut-être circulé sous le manteau, mais c'est un livre posthume. Il n'a ressurgi que des siècles plus tard, je ne saurais plus vous dire quand… »

Il va de soi qu'il me prêtait les livres. Il m'a tendu les trois volumes, puis s'est repris. « En fait je vous les offre. De toute façon, je dois penser à disperser tout ça. Maintenant, quand je regarde ma bibliothèque, je ne vois plus tout ce qu'il me reste à découvrir, je vois ce que j'ai lu et que je ne relirai pas, et je vois surtout tout ce que je n'aurai jamais lu. » Il s'estimait assez heureux, à cet égard, d'avoir vécu si tard dans l'histoire de l'humanité. Car même si notre modernité lui faisait souvent l'effet d'une décadence, de la dernière heure où on boit pour ne plus rien savoir avant que ne sonne la fin de la fête, nous avions l'immense chance d'avoir le passé à notre disposition, bien plus que les humains des siècles précédents. « Ça m'a toujours fait drôle, par exemple, de me dire que Montaigne, qui avait du grec une maîtrise autrement plus intime que moi, n'a pas lu Thucydide, parce que c'était à son époque un auteur tombé dans l'oubli... Enfin, tout ça pour dire que je vous les donne. Ça me réjouit que ça vous intéresse. Comme ça, on pourra en parler. Et si par le plus grand des hasards j'en ai encore besoin un jour, je saurai où ils sont. »

9

Ça commençait à devenir long. Chacun chez soi, jour après jour. Les riches dans leurs résidences secondaires ou leurs maisons de famille, les étudiants dans leurs studios comme des religieux en cellule, les pauvres rêvant d'une chambre en plus, ou de voir des choses belles à travers leurs fenêtres. Ça engloutissait des médocs, ça buvait trop et ça allait divorcer sec. À côté des victimes directes, ça se paierait en suicides, en femmes battues à mort et en enfants violés, et tout le monde le savait. Les murs des pièces se rapprochaient. L'étau se resserrait autour de nos tempes. On en parlait dans nos fils de conversation, avec Gaëlle, Dounia, Marcus. Nous étions tous les quatre des créatures de centre-ville, nous avions renoncé à l'idéal de la maison et du jardin. Nous nous rendions compte que nos corps dépendaient de la ville, que les rues, les cafés et les berges du fleuve prolongeaient nos appartements au moins autant, dirait Bernard Stiegler, que nos téléphones prolongeaient nos cerveaux.

Le problème ce n'était pas uniquement cette contraction de l'espace. C'était le resserrement des relations sociales. J'avais signé pour vivre en couple, pour avoir des enfants, pas pour être père à temps plein ou pour être collé à eux. La famille ça ne tient que si on sort et qu'on fréquente d'autres gens. Et pourtant il m'en faut pour me lasser de leurs visages. Autant je n'aime pas regarder le mien, ce qui fait que j'évite de m'asseoir face aux miroirs, que je coupe mon image lorsque je parle en visio, que je ne me supporte que dans la salle de bains, le temps de me laver ou de me raser, autant les visages de Camille, de Maud et de Diego, je peux les regarder des heures, je guette leurs moindres variations, je les ai photographiés mille fois et je le referai encore. Sauf que là c'était trop. On atteignait le point de saturation. Je veux dire les trois plus âgés, bien sûr. Nos corps se croisaient sans tête, en s'évitant du regard.

Notre grande évasion passait par les écrans. Et comme on n'a pas la télé, chacun par son ordinateur et par son téléphone. Camille et moi, on s'en voulait l'un l'autre de ne pas réussir à être plus présents au présent. Je ne veux pas parler pour elle, mais pour ma part je m'en voulais surtout à moi-même. C'était facile, tentant, quasi inévitable. Le réseau c'était le monde, le lien aux collègues et aux amis, le tunnel invisible qui faisait sortir de la prison pour déboucher, au-delà des murs, sur les étendues plus vastes du réel et sur toutes les fictions possibles. Je me répétais que le contexte requérait de l'indulgence, que ça ne disait rien sur nous et sur notre capacité à être heureux ensemble.

Me revenait la phrase de Henry David Thoreau qui constate quelque part dans *Walden* que se retrouver pour manger, trois fois par jour, alors qu'on n'a rien de neuf à raconter, aucune expérience nouvelle dont se faire part, c'est comme se donner à regoûter chaque fois un autre bout du vieux fromage moisi que nous sommes.

C'est pour ça que je n'insistais plus quand Maud ne voulait pas nous rejoindre à table ou emportait son assiette dans sa chambre. Je la regardais avec des yeux de baromètre, essayant de déterminer le degré de pression qui régnait dans sa tête. Elle n'était jamais bien. Parfois trop apathique, émergeant tard, ne décrochant pas un mot, parfois d'une fébrilité qui ne me disait rien de bon non plus. Elle passait un temps fou sur les écrans, ce qui ne veut pas dire oisive. Il lui arrivait de faire défiler ses fils d'actu de manière mécanique, comme moi quand je suis crevé, mais lorsque je jetais un œil par-dessus son épaule, j'étais souvent surpris de voir ce qu'elle regardait. Elle s'était abonnée à une foultitude de comptes d'activistes du climat et de militants en tous genres. Un soir elle m'a montré le clip de deux jeunes Toulousaines, tourné sur le Pont-Neuf où on ne voyait quasiment plus ni voitures ni passants. L'une dansait sur le parapet, flirtait avec le vide, faisait mine de tomber dans le fleuve à chaque pas, puis se redressait d'une torsion des bras qui projetait sa chevelure et sa tête en arrière. L'autre nous regardait droit dans les yeux et disait qu'elle était désolée ; désolée que la crise climatique nous rattrape au lieu de ne tuer que dans les pays pauvres ; désolée que nos dirigeants se contentent de beaux discours et ne la prennent pas au sérieux ; désolée de faire partie de la dernière génération à pouvoir empêcher que la terre devienne inhabitable. Il était grand temps que les jeunes se réveillent, arrêtent de croire qu'il suffisait d'aller en cours, de faire des études ou de trouver un boulot. Dorénavant il fallait faire du bruit, devenir gênants, se rendre incontournables. On ne peut pas se contenter de voter, ni de consommer moins ou mieux, martelait la jeune fille. On ne peut plus promettre de respecter leurs lois, parce que ça ne suffira pas à faire dévier l'Histoire. Ce n'est pas notre faute, tout ça, mais si nous ne faisons rien, nous devenons complices. Si on laisse disparaître plus d'un million d'espèces, il ne faut pas se leurrer, *homo sapiens* fera partie de la liste.

Il y avait un peu trop de fleurs de rhétorique. N'empêche : j'étais impressionné par la sincérité qui se dégageait du discours de cette jeune fille, et par ce ton qui oscillait entre le naturel de la conversation et la hauteur impitoyable des constats qu'on assène. Une autre fois, Maud nous a envoyé des liens vers des webinaires qu'une étudiante en sciences politiques organisait avec de grands noms de la climatologie, de l'écologie évolutive et de l'épidémiologie. La fille avait vingt-deux ans à tout casser, de l'aplomb sans arrogance, pas une ride, pas un cerne. Chacune de ses questions prouvait qu'elle avait pris le temps de se plonger dans les travaux de ses invités, assez pour maîtriser le sujet mieux que la plupart des élus. Je comprenais que Maud se raccroche à ces rôles modèles, plutôt qu'aux invités des matinales et à leur langue de bois sinistre. Ces initiatives-là lui donnaient envie de se bouger et l'espoir qu'elle ne serait pas seule.

C'est par le réseau aussi que la tristesse arrivait. Younès n'était pas sûr de vouloir continuer. Il en aimait une autre, peut-être, je veux dire, il ne savait pas lui-même, il se sentait perdu. Maud pour sa part se demandait s'il n'y avait pas d'autres personnes avec qui elle serait mieux. Je lui ai suggéré qu'ils aillent courir ensemble sur les berges du canal. Il ne fallait rien faire de décisif au téléphone, mais se voir pour parler. Elle est revenue en larmes, ne nous a rien raconté de l'entrevue, et dans les jours qui ont suivi, elle s'est mise à parler des mecs en général, comme s'ils étaient tous pareils. Je trouvais son expérience de la chose un peu courte pour en tirer des conclusions. C'était moins décevant de se dire qu'il n'y avait que des personnes, toutes différentes, avec leurs failles et leurs névroses. Toutefois force était de constater que les comptes féministes que je suivais comme elle composaient une image proprement accablante de la gent masculine : un ramassis de bonshommes infoutus de donner des orgasmes à leurs meufs, inattentifs à leurs besoins, leur expliquant comment faire des boulots qu'elles maîtrisaient dix fois mieux qu'eux, leur réclamant des gosses pour ne pas s'en occuper et les laisser tout faire toutes seules à la maison. Les témoignages affluaient par centaines, et ils étaient peu contredits. Moi je ne couchais pas avec des hommes, je ne vivais pas avec des hommes, je ne pouvais pas savoir ce qu'il en était. J'avais envie de dire à

Maud, très banalement, qu'il y aurait d'autres amours, peut-être beaucoup d'autres, que chaque relation lui apporterait autre chose, qu'aucune ne serait vécue pour rien – mais je me rappelais la profondeur de mes chagrins à cet âge, et je me contentais de l'écouter quand elle voulait parler, et je hochais la tête, et je fermais ma gueule.

Les gens d'Atlas Maior m'ont écrit peu après. Je leur avais demandé il y a longtemps déjà s'il serait possible de reprogrammer la parution. Je n'étais pas à six mois près, ce qui comptait pour moi, c'est que mon *Hibernation* sorte dans sa version américaine à un moment plus favorable, où je pourrais venir, faire les rencontres prévues, répondre à des entretiens s'il y avait des demandes. James Barrister a mis un mois à me répondre pour m'annoncer en quelques lignes d'une courtoisie en tweed que non, ça n'était pas envisageable, le livre était en vente (c'est-à-dire, pensais-je, empilé sur les tables de librairies aux portes dûment grillagées), il n'y avait rien à faire, d'autant qu'on ne gagnerait pas grand-chose à le glisser dans l'avalanche de nouveautés qui dégringolerait sur le marché dès que la situation reviendrait à la normale.

Emily Kent m'a envoyé dans la foulée un mot qui se voulait consolateur : elle me racontait avoir plaidé ma cause en vain, elle était dépitée que notre travail commun ne rencontre pas plus d'écho. L'article de presse qu'elle joignait disait beaucoup de bien du roman, mais se révélait d'une brièveté décourageante, se contentant de résumer le pitch, de mentionner mes livres précédents et de conclure par quelques louanges qui m'auraient fait plaisir si elles n'avaient pas été du style à pouvoir s'appliquer à n'importe quel autre roman. Emily Kent m'assurait que le livre ferait son chemin plus lentement, de manière souterraine. Joli vœu pieux. Il se publiait chaque saison assez de livres éclatants pour que personne n'aille farfouiller dans les tombereaux de livres passés inaperçus au moment de leur sortie.

Par un réflexe masochiste, j'ai demandé le même jour à mon éditeur parisien mes derniers chiffres de ventes, histoire de savoir sur quels droits d'auteur j'allais pouvoir compter dans cette période de vaches maigres. La réponse ne s'est pas fait attendre, et elle m'a mis un coup. Je n'allais pas y arriver. Je n'y arriverais jamais. Tant que mes livres me rapporteraient si peu, je ne pourrais jamais dégager assez de temps pour écrire les grandes œuvres auxquelles je rêvais jour après jour. Bien sûr, je n'ignorais pas que mes livres étaient assez exigeants. Mais je connaissais quelques dizaines d'auteurs qui ne l'étaient pas moins, et qui avaient assez de lecteurs pour se consacrer à l'écriture.

Peut-être, ai-je ressassé ce jour-là, était-ce lié au fait que je n'étais pas un personnage : un bon écrivain, je l'espérais, mais pas une figure d'écrivain. Les hasards de ma biographie ne m'avaient pas permis d'accumuler assez de capital narratif. Je n'avais pas de grand malheur social ou de grand malheur psychique à faire valoir. Ma vie n'était pas assez dramatique et elle ne m'intéressait pas assez pour passer mon temps à la raconter, chose qui m'aurait donné d'ailleurs le sentiment de ne plus la vivre de façon authentique. Or l'époque valorisait les récits fondés sur des expériences personnelles – ou en tout cas *l'incarnation*. C'était plus simple pour les médias qui détenaient le pouvoir de lumière : vous veniez raconter ce qui vous était arrivé, à vous, à votre famille, ou vous veniez porter la voix de votre communauté, défendre votre cause, et on vous invitait parce que votre discours avait une légitimité collective, et valait indépendamment de ce que vous aviez écrit. Dans les deux cas, les gens pouvaient aller chercher le livre, ensuite. Mais s'ils se contentaient de vous écouter, comme le faisaient la plupart, il s'était déjà passé quelque chose – une histoire avait été racontée, un débat de société avait eu lieu.

Quand je dis que mes livres ne parlaient pas de moi... C'est faux, bien sûr. Je m'y glissais tout entier, mais de façon clandestine. Ils ne s'éloignaient jamais de mes obsessions, ils déplaçaient, à la manière des rêves, certains événements de ma vie. J'aimais cela, précisément : que ce travail demeure invisible. Je me sentais moins autocensuré ou impudique comme ça. Mais notre époque était pressée, toutes les époques se vantent de l'être, et il n'était pas étonnant qu'il y ait peu de gens pour s'adonner à ce travail d'interprétation. J'avais été une des victimes légères de l'explosion d'AZF ; je l'évoquais dans *Big Bang*. À part cela, il faut reconnaître que je menais une existence relativement banale. J'en prenais mon parti. Car lorsqu'une existence devient digne d'être racontée telle quelle, en général, c'est que les puissances ont frappé. C'est l'oppression. Le malheur. Une catastrophe ou une autre. Alors je regardais les puissances au visage et je leur adressais cette prière : j'espère que vous me donnerez la force d'écrire des livres qui n'ont jamais été écrits, qui ne répètent pas toujours la même histoire ; mais si vous maintenez ma vie dans les limites de l'ordinaire, cela m'ira, je le jure, cela m'ira très bien. — Et je tremblais, en pensant cela, car les puissances exaucent rarement les prières qu'on leur fait.

Le soir j'ai parlé à Camille, j'ai ouvert le sac des plaintes, avec une conscience aiguë que ça devait être pénible. Je lui ai confié que j'étais découragé. J'avais combattu jusqu'ici pour arracher chaque page à la paresse et au perfectionnisme qui se relaient et me paralysent, mais là je n'en pouvais plus. Elle comprenait, bien sûr. J'étais un être humain, jusqu'à preuve du contraire, j'avais le droit de temps à autre de raconter n'importe quoi. « Le métier d'écrivain, tu le vis dans la joie, Elias, tu le sais très bien. » Je ne connaissais aucune activité, poursuivait-elle, où je me sente aussi libre et souverain. Camille Lanneau avait raison. J'aimais toutes les phases de l'écriture : les longues rêveries qui s'entrelacent aux longues recherches centrifuges ; le moment où on sent que le livre prend forme, que oui, on va l'écrire, que ça n'était pas qu'une idée ; et puis quand on approche du but, dans l'émotion qui s'accumule, savoir qu'il ne reste que quelques pages, et maintenant, que quelques phrases – je ne connais pas d'équivalent à ce bonheur de l'œuvre qu'on achève.

« C'est assez simple, de toute façon, m'a provoqué Camille. Tu en as marre ? Arrête. Arrête dès demain. Prends un plein temps quelque part, arrête. » Je l'ai regardée. Elle avait l'air d'être sûre que son raisonnement par l'absurde me remettrait les idées en place. Je n'avais pas le choix. La vocation dévore. J'ai admis que c'était le contraire : j'avais besoin de travailler plus, de retrouver du temps pour moi. Je ne pouvais pas être le seul à m'occuper de Diego parce que la librairie était fermée et que contrairement à elle, je rapportais moins d'argent que d'habitude à la maison. Elle s'est braquée d'abord. Le ton est monté. On a négocié comme des chiens, avant de conclure qu'elle pouvait demander à réduire son service d'une journée et demie par semaine. À l'heure de s'endormir, elle a reconnu qu'elle était épuisée, et que ça ne lui ferait pas de mal.

Le lendemain, mes idées noires avaient reflué. J'ai écrit à Emily Kent pour la remercier de tout ce qu'elle faisait pour moi. J'ai pris de ses nouvelles, et lui ai raconté un peu à quoi ressemblait la vie en France par les temps qui couraient. Enfin je lui ai demandé si elle pourrait me faire parvenir le livre que Peter Drysdale a consacré à l'histoire climatique du sixième siècle, *Late Antique Little Ice Age*, paru chez University of Chicago Press. J'étais désolé de l'embêter avec cette requête, mais j'en avais besoin au plus vite, et dans le contexte actuel je ne voyais pas trop sinon comment m'y prendre. À l'instant de faire partir le mail, un scrupule m'a retenu. J'avais le sentiment que je lui indiquais une piste, que je lui envoyais, en mentionnant ce livre, la carte froissée mais fiable d'une cité disparue sous les sables du désert. En y réfléchissant, c'était plutôt bon signe.

10

Le printemps s'est installé et le bruit s'est mis à courir que la Garonne était verte, plus attirante, plus verte qu'on ne l'avait jamais vue. Des photos garanties sans filtre en témoignaient sur le réseau. J'enrageais dans mon coin. Une des raisons pour lesquelles j'aime Toulouse, c'est que l'hypercentre est petit, que tout peut s'y faire à pied – et même très agréablement depuis qu'on s'est décidé à lutter contre la place qu'y prenait la bagnole. La ville est à n'en pas douter plus belle que lorsque j'y suis venu au monde, il n'y a que les fous pour prétendre le contraire. Mais cette fois-ci c'était trop loin : le fleuve coulait au-delà du périmètre qui m'était autorisé. Je n'avais qu'à mieux choisir où vivre. Le canal du Midi me restait accessible, mais ça n'avait pas le même charme, d'autant que c'est plus au sud qu'il devient bucolique, à partir du Pont des Demoiselles, avec ses péniches amarrées et les vélos qui filent sous l'ombre des platanes. J'ai tenu quelques jours encore. Il n'y avait pas un nuage au ciel. Le soleil brillait avec ce qu'il faut bien appeler une forme d'insolence. J'ai décidé que j'allais entrer en rébellion, et qu'une promenade à pied serait pour moi l'arme fatale de la désobéissance civile.

J'ai commencé par faire semblant de me rendre à la librairie. Depuis Arnaud-Bernard, je suis ensuite descendu vers la basilique Saint-Sernin, puis j'ai obliqué du côté de la rue Valade, en rasant de près les murs des bâtiments municipaux, et je suis arrivé au fleuve. Devant les bars de la place Saint-Pierre, à deux pas, comme me l'avait rappelé Mumsen, des ruines du palais wisigoth, là où en temps normal l'ivresse des bandes estudiantines mettait à rude épreuve les nerfs des riverains, une mouette et deux goélands cherchaient gaiement de quoi faire leur déjeuner sur l'herbe. On ne m'avait pas menti : préservé depuis des semaines de la pollution chimique, et en l'absence des pluies qui troublent ses eaux de boue, le fleuve vivait une vie nouvelle. On l'entendait couler. Les poissons y faisaient la fête. On était tenté d'y plonger tête la première pour retrouver le frisson.

Je suis passé rive gauche, puis derrière l'Hôtel-Dieu. Non loin de là, j'ai vu que des barrières prétendaient empêcher l'accès à la prairie des Filtres. Le désir du bord de l'eau que nous éprouvions tous était plus fort que la prudence : le soleil nous convoquait, notre sens des responsabilités butait sur ses limites, au point que les pouvoirs publics estimaient que la seule stratégie viable était d'interdire strictement les tentations trop fortes. Je n'étais pas plus incorruptible qu'un autre. Comme je n'avais aucune envie de passer en retrait du parc, par la rue fastidieuse qui en longe les murs, j'ai joué l'idiot et j'ai sauté par-dessus la barrière. C'était étrange, une fois de plus, de se retrouver seul. Les souvenirs qui me liaient à ce lieu étaient des souvenirs de foules, avec mes parents pour les feux d'artifice du 14 juillet, à des concerts avec Camille et Maud, ou bien face aux écrans géants pour des matchs de rugby ou le dernier Mondial de foot. Je m'y rappelais d'explosions de joie collective, pas de pelouses n'attendant rien, de musaraignes en goguette, d'une buvette fermée et du bruit de la brise dans les arbres.

J'ai retraversé plus en amont, par le pont Saint-Michel. L'eau y coulait plus lente, freinée par les îles du Ramier. Certaines zones des flots s'irisaient dans le contre-jour de l'après-midi, tandis que d'autres restaient sombres, mangées par des touffes d'algues qui se frangeaient d'une écume grisâtre en affleurant à la surface. Des oiseaux migrateurs remontaient vers le nord. J'ai cru reconnaître des sternes pierregarins, avec leur bec long et pointu et leur jolie petite tête toute encapuchonnée de noir. J'aimais que ce coin soit peuplé d'îles, et que le fleuve en modifie la forme, de manière imperceptible, au gré de ses dépôts d'alluvions. Les hommes ont fait tout ce qu'ils ont pu pour s'arracher à l'arbitraire du fleuve. C'est ce dont parle le premier livre qu'Igor Mumsen a publié après être venu vivre ici : paru chez Fata Morgana, *Colères du fleuve* reste un de ses plus beaux recueils. Il y fait revivre les convois de radeaux qui apportaient jusqu'au port Saint-Antoine le marbre des

Pyrénées, des blocs de calcaire, ou les grumes dont avaient besoin les menuisiers et charpentiers de la ville. Il évoque les moulins à nef qui naviguaient ici au Moyen-Âge, et qui servaient à fouler les tissus, à fabriquer le papier, à écraser le pastel des teinturiers, et bien sûr à moudre la farine. Le plus long poème est consacré à la crue du 23 juin 1875, durant laquelle le fleuve monté de huit mètres a envahi le cimetière de Rapas, dévasté les maisons en terre du quartier Saint-Cyprien et détruit presque tous les ponts de la ville. J'admirais ce poème où les vers de Mumsen, d'ordinaire si sereins, se gonflaient inopinément d'une force torrentielle, requéraient qu'on se réfugie d'urgence sur les toits, puis retrouvaient progressivement les limites de leurs rives, tandis qu'on cherchait les cadavres et qu'on regardait émerger les ruines et la désolation.

Au bout du pont, je suis descendu vers l'écluse Saint-Michel. C'est depuis des années un des endroits où j'aime me poser pour lire et pour écrire, lorsqu'il fait assez doux pour travailler dehors. Je m'assois sur un banc et je sors mes carnets, ou je prends une table à la guinguette qui a ouvert là il y a peu, après que la ville a retapé la maison de l'éclusier. Parfois il y a des musiciens, un trio, homme à la guitare sèche, homme au violon, femme à l'accordéon, qui répète à fleur d'eau, avec des airs de conspirateurs. Ils ne me dérangent pas, on a sympathisé. Le fleuve m'enveloppe, passe à ma gauche, passe à ma droite, et me laisse tranquille dans mes pensées.

L'après-midi dont je parle, je n'ai pas dérogé à mes bonnes habitudes. Assis sous les platanes, j'ai ressorti de ma besace l'*Histoire secrète* de Procope de Césarée. Depuis quinze jours, je m'y plongeais dès que possible, et je comprenais pourquoi Igor trouvait le cas de Procope fascinant. Il a grandi en Palestine, à Césarée qui était à l'époque un centre intellectuel, une ville où se croisaient les samaritains, les juifs, les païens et les chrétiens. À partir de 527, il a travaillé aux côtés de Bélisaire, le plus grand général de l'Empire. Il a été son conseiller, son secrétaire, certainement son espion. Alors que Justinien n'a mené aucune guerre en personne, et ne s'est même jamais rendu sur les champs de bataille, Bélisaire et Procope ont tout vécu. Ils ont passé des années sur le *limes* de Mésopotamie, à repousser les attaques perses. Une courte expédition leur a suffi pour reprendre la Libye et Carthage aux Vandales. Les affaires d'Italie, comme les appelle Procope, se sont révélées plus complexes. Bélisaire met cinq ans pour conquérir la péninsule, mais lorsqu'il est rappelé pour affronter de nouveau les Perses, et parce que Justinien se méfie de son pouvoir, les Ostrogoths élisent pour roi Totila, un type que Procope juge d'ailleurs tout à fait digne d'admiration, puis ils contre-attaquent et repoussent l'armée byzantine jusqu'à Naples. Prise par les uns, reconquise par les autres, Rome est assiégée trois fois en treize ans : ses aqueducs sont détruits, ses murailles démantelées, la ville exsangue se vide de sa population. L'Empire finit par vaincre, mais pour peu de temps, puisque à la mort de Justinien, en 565, les Lombards envahissent déjà la plaine du Pô. — Ce que je trouvais touchant chez Procope, c'est qu'il raconte avec humanité les souffrances que provoque la guerre. On dirait qu'il pressent que les efforts pour rétablir le pouvoir de Rome en Occident ne procurent à l'Empire que des sursis éphémères, le maintiennent en vie de manière artificielle, au prix de désastres incessants pour les populations.

N'empêche : pendant un millénaire, grâce au talent de ce témoin, Justinien est passé pour un modèle de grandeur, unificateur du droit, réformateur hors pair, souverain du détroit de Gibraltar aux berges de l'Euphrate et du Tigre. Et puis en 1623, un certain Niccolò Alamanni, conservateur à la bibliothèque du Vatican, a fini par mettre la main sur deux exemplaires du texte que la tradition connaissait sous le nom d'*Anekdota*, les écrits inédits, et que bien d'autres avant lui avaient cherché en vain. Et là l'impression est tout autre : Procope dévoile ce qu'il ne pouvait pas dire sous peine de se faire tuer. Il y dépeint Byzance transformée en un coupe-gorge où les luttes de factions se donnent libre cours, où on assassine en pleine rue, sans crainte du châtiment, parce qu'on ne pourra jamais se montrer aussi arbitraire que le couple impérial. Justinien trompe son monde, il pleure à volonté sans éprouver de joie ou de douleur, mais on le trompe aussi, puisqu'il écoute les calomnies et qu'il condamne sans enquêter. Théodora enferme tous ceux qui lui déplaisent dans ses cachots privés, où ils meurent de faim quand ils ne succombent pas sous la torture. Tous deux vendent les magistratures aux hommes les plus incompétents, à des scélérats qui estiment que piller leurs administrés est la seule manière viable de profiter de leur charge. Ils écrasent leurs sujets de taxes, augmentent le prix du pain, réclament l'impôt même aux propriétaires dont les paysans sont morts de la peste. En vérité, Justinien est pire que la peste, parce qu'aucun de ses sujets n'a la chance d'échapper au fléau de son règne. Il serait plus rapide, écrit Procope, de compter les grains de sable sur toutes les plages de l'Empire que le nombre de ceux qui sont morts par sa faute. Pour faire bonne mesure, le chroniqueur lui attribue en vrac toutes les calamités : les crues des fleuves, les séismes qui détruisent Antioche ou Corinthe, et bien sûr ce soleil lunaire, cet hiver interminable qui condamnent les récoltes – tout cela montre que Justinien bafoue les volontés de Dieu. Ce n'est pas un être humain, en fait. C'est un démon. Des gens de confiance l'ont vu se lever du trône sans que sa tête bouge, ils ont vu son corps errer seul de nuit dans les couloirs de son palais, et sa tête flottant sur le trône n'avait plus de sourcils, plus de regard, plus rien qui ressemble à un visage.

Cela va donc très loin. Peut-être pour se venger d'avoir dû chanter leurs louanges pendant vingt ans et huit volumes, Procope jette tout son vitriol à la face de ses maîtres. Il n'aime pas la violence. Il n'aime pas ceux qui font le mal. Mais sa haine n'est pas pure, d'après ce que j'ai lu, pas désintéressée. Il appartient à cette classe d'aristocrates lésés par la politique impériale. Faire la guerre coûte beaucoup d'argent, Justinien va le chercher où il est. Comme tous les privilégiés que des réformes malmènent, Procope cède à la tentation de donner à ceux qui en décident le doux nom de tyrans. Il est conservateur, il n'aime pas voir des personnes issues du petit peuple gravir les échelons, alors que Justinien, lui, estime avoir tout intérêt à créer une élite nouvelle, qui lui soit entièrement dévouée. Que Théodora soit une fille de la balle, par exemple, cela scandalise Procope. Son père était un dresseur d'ours. Elle a été forcée de se prostituer dès l'enfance, en marge des courses à l'hippodrome. Procope raconte qu'elle porte son sexe au milieu du visage, qu'elle s'offre au premier venu, qu'elle use de ses trois ouvertures de toutes les manières possibles et regrette de ne pas en avoir une quatrième. Prostituée et actrice, Théodora devient impératrice. Elle a sur certaines choses plus de pouvoir que son époux, et comme Procope préfère les femmes discrètes, soumises, cette ascension le rend malade. Il ne comprend pas toujours les décisions de Justinien. Lorsqu'il raconte que celui-ci verse des tributs généreux aux Slaves, ou aux Avars, qui continuent pourtant par intervalles de piller son royaume, Procope considère que l'empereur vide le Trésor public pour enrichir des Barbares. Il ne voit pas que Justinien a raison de se les attacher, que c'est une manière de les contenir, que cela a prolongé de mille ans l'Empire romain d'Orient, et qu'il aurait peut-être fallu mener une politique analogue du côté de l'Occident.

Je tenais avec cette œuvre de quoi m'occuper des semaines. Je ne savais pas encore ce que je pourrais en faire, si c'était du travail ou une lecture sans but, mais cela produisait sur moi l'effet exact que je cherchais. J'étais ailleurs, dans un autre espace-temps, à partager les préoccupations et les vicissitudes d'un historien, d'un général et d'un empereur qui n'étaient plus que poussière depuis mille cinq cents ans. Je lisais avec avidité ces histoires de massacres, de villes assiégées et pillées, de revirements d'alliances, d'assassinats qui faisaient passer les années 1970 pour un bal des débutantes, et je relativisais un peu nos malheurs de Modernes, et je respirais mieux.

Le soleil inondait la ramure des platanes, au-dessus de ma tête. Un bruit de pas m'a surpris. Levant les yeux de mon livre, j'ai vu passer une femme qui marchait vers le belvédère situé au bout de l'allée. Elle portait une robe outremer, très longue, très ample, et des sandales qui la rehaussaient de cinq ou six centimètres. J'ai cru un instant que c'était la femme de Fontfroide, la folle en noir qui venait prendre de mes nouvelles ou me demander des comptes. Mais non : elle ne lui ressemblait pas. Elle avait des traits asiatiques, des cheveux noirs lâchés et comme brodés de cheveux blancs. Je l'ai suivie jusqu'à la plateforme qui donne sur la Garonne. Je me suis accoudé comme elle, j'ai fait semblant de m'absorber dans le paysage, et je lui ai lancé un coup d'œil subreptice. J'ai noté la peau mate, le nez droit mais un peu fort, des yeux en gouttes d'eau qui tombent, et ces cils tournés vers le bas qui peuvent donner l'air triste. Je me suis demandé si... Paola avait évoqué cette femme donnant le bras à Igor, un matin, au marché... Est-ce que par le plus grand des hasards... ?

Maintenant la femme fermait les yeux et prenait le soleil, comme un petit animal. J'ai demandé conseil au fleuve. Ce qui était beau, vu d'ici, c'était le contraste, rive droite, entre les briques rouges du mur-digue et les arbres d'un vert tendre qui ombragent le quai de Tounis, et qui sont assez hauts pour masquer les immeubles. À notre gauche, d'autres arbres, déracinés ou ployés jusqu'à l'horizontale, baignaient leur tête dans l'eau. Ils étaient dehors, eux, au moins. Plus sédentaires encore que nous, ils en avaient peut-être marre, ces arbres, de ce qu'ils sentaient autour d'eux, de ne pas pouvoir s'en aller, mais ils caressaient un air libre, jour et nuit et de tout leur corps. Ça devait bien occuper, d'ailleurs, de capter la lumière et de fabriquer autant de vert-feuille avec du jaune-soleil.

Les yeux de la femme se sont rouverts. Il était temps de prendre mon courage à deux mains et d'amorcer une conversation. Elle avait beau ne pas se tourner vers moi, ça ne signifiait pas qu'elle serait hostile ou méchante. J'ai compté jusqu'à cinq. C'est passé tellement vite qu'à cinq je n'avais rien fait. Qu'est-ce que je pouvais lui dire ? Comme vous êtes asiatique, je veux dire, d'apparence asiatique, j'ai pensé que vous étiez peut-être japonaise, et si vous êtes bien japonaise, il n'est pas impossible que vous connaissiez le vieux poète, Igor Mumsen. Je ne sais pas si vous êtes au courant, Igor Mumsen est un très grand poète, qui connaît très bien votre culture, à supposer que votre culture soit celle du Japon. Il a vécu là-bas. Il a donné une traduction miraculeuse des *Journaux de voyage* de Bashō, que vous devriez lire, vraiment. Parce que Paola Ciletta m'a parlé l'autre jour d'une femme, vous comprenez, qui connaissait Igor.

J'avais tendance à ne pas croire au plus grand des hasards. Il y avait une chance sur cent que ce soit la même femme. Et puis c'était si ridicule. Je sais me tenir, quand même. Je ne pouvais pas me lancer à la légère dans ce genre d'idioties. Ou peut-être que si. Peut-être que j'étais assez adulte pour me payer le luxe de faire beaucoup de choses ridicules, du moment qu'elles comptaient pour moi.

La femme a rebroussé chemin. Le cas devenait critique. Si je ne l'abordais pas maintenant, elle me filerait entre les doigts. J'ai eu beau me répéter ça, je n'ai pas réussi. Alors je me suis mis en route à mon tour, en lui laissant beaucoup d'avance afin de ne pas lui donner l'impression de la suivre. Elle a remonté les escaliers et emprunté le pont du halage. En arrivant sur le quai de Tounis, j'ai remarqué un oiseau d'une espèce qui ne m'était pas familière, un passereau gris et blanc qui arpentait le muret, observait le fleuve en contrebas et picorait par intervalles de petites proies invisibles. L'écart qui me séparait de la femme commençait à se resserrer. Je pouvais toujours lui dire qu'il faisait beau aujourd'hui, que le temps se prêtait à la balade, je n'avais pas besoin de parler tout de suite d'Igor. Si je ne faisais rien, je me connaissais, j'allais le regretter. D'ailleurs je passais à l'acte, je vous le jure, lorsque j'ai senti du mouvement dans mon dos. Deux vélos me doublaient, et ça, ça n'était pas tellement gênant, mais sur ces deux vélos, l'homme et la femme portaient les uniformes indubitables d'agents de police municipaux.

« Bonjour monsieur », m'ont-ils abordé à deux voix. Contrairement à moi, ils ne s'effrayaient pas de la banalité terrible qu'ont la plupart des phrases d'accroche. Ils m'ont demandé de produire une carte d'identité, ainsi que les papiers par lesquels je m'étais moi-même donné le droit de sortir. J'avais un goût de déjà-vu. Je commençais à en avoir marre que la gent flicardière restreigne ma liberté d'aller et venir. J'avais rédigé ledit papier à la main, j'y avais imité tant bien que mal la signature d'Elias Torres. Il était indiqué que j'étais sorti à 15 heures. Sauf qu'arrivé au bout de la prairie des Filtres, comme l'un de ces criminels qui n'apprennent à se tenir qu'une fois bouclés à double tour dans un quartier de haute sécurité, j'avais ajouté 45, pour que ça fasse 15 h 45, voyez, et que j'aie par magie presque une heure encore devant moi. Je n'en étais pas fier désormais, je craignais qu'ils devinent que ce 45 était un repentir tardif, qu'à l'origine c'était 15 heures.

Dans leur esprit, ce n'était même pas la question. Ils m'ont signifié que j'étais hors périmètre. Ils n'avaient pas besoin pour ça de sortir leur logiciel, de consulter un plan, ils connaissaient la ville et j'étais loin de mes bases. Le passereau sur le muret regardait de ses yeux vifs le piège se refermer sur moi. Moi je voyais la femme dont la silhouette continuait de s'éloigner sur le quai de Tounis. À New York je n'avais rien dit. Cette fois j'ai décidé que je n'allais pas subir. Qu'on m'interdise l'île aux nombreuses collines que les Algonquins appelaient *Manna-hata*, c'était une chose, mais les berges du fleuve que Pline l'Ancien nomme *Garunna*, à deux pas de mon appartement, ça dépassait les bornes.

J'ai choisi ce qui était le plus simple, autrement dit la vérité. Je leur ai raconté que je n'en pouvais plus du grand enfermement, que mon mal de dos empirait et menaçait de dégénérer, que j'avais besoin de marcher pour raisons de santé, santé physique, santé mentale, qui comme chacun sait ne font qu'une. Je leur ai expliqué que mon travail d'écrivain consistait à réfléchir à l'air libre, et pas seulement à mon bureau. Ce n'était pas assis au-dessus d'un écran que les meilleures idées me venaient. Ça va vous étonner, leur ai-je dit en substance, mais ma promenade écrit pour moi. Les idées flottent non loin des choses, je lève la tête et je les respire. Les pas me donnent les mots, le rythme de ma marche a une influence décisive sur la syntaxe de ma phrase. J'accroche les scènes que je prévois au paysage qui m'environne, et elles ont plus de vie comme ça que si je les épingle aux murs de mon salon ou que je les projette dans le noir d'une cave, même admirablement rangée. Et puis en guise de conclusion, je les ai informés que si je ne travaillais pas, ou pas suffisamment, ou trop lentement, je ne gagnerais plus assez pour nourrir ma fille et mon fils, ni pour rassurer ma femme.

« Mais vous imaginez un peu, a objecté la policière, si tout le monde faisait comme vous ? » J'ai répondu que non. Sauf son respect, je n'avais pas besoin d'imaginer, parce que ça n'était pas demain la veille que ça risquait d'arriver : la plupart de nos contemporains étaient des chats d'appartement, ils vénéraient leur canapé, craignaient de sortir de leur cocon, il fallait les tanner à coups de campagnes d'affichage et les menacer de maladies plus horribles les unes que les autres pour qu'ils se lèvent et bougent. Et puis, même si je ne doutais pas que tout le monde réfléchisse en marchant, tout le monde n'était pas écrivain. Les pensées de promenade de la plupart des gens ne leur rapportaient pas de quoi vivre, tandis que moi, à qui la société reprochait de ne pas avoir de vrai travail, à qui la société susurrait le nom de saltimbanque, et parfois le nom de bouffon, qui sont de jolis mots quand on les lit dans les poèmes, mais plus lourds à porter quand on vous les accole pour vous stigmatiser, eh bien, je travaillais en permanence, le jour, la nuit, en me lavant, en mangeant, et par-dessus tout en marchant – et je n'étais pas une exception, on pouvait citer au même titre, pour rendre compte de ce rapport fructueux entre la pensée et la marche, bien des exemples illustres, des philosophes, des romancières, je pouvais leur en citer quinze, ou peut-être même vingt si cela pouvait les convaincre.

Je n'ai pas été aussi bavard, rassurez-vous. J'ai prélevé des échantillons de ce flux de pensées désordonné, j'ai soumis à leur jugement, disons, les arguments les plus audibles, pour ne pas me les mettre à dos avec des arguties. Le charme a failli opérer. J'ai senti que le policier avait envie de se montrer compréhensif. J'étais au-delà des frontières de la légalité, mais je ne mettais personne en danger, puisque le vent du fleuve balayait les lieux de ma promenade et que j'aurais été bien en peine de former à moi seul ce qu'on appelle un attroupement. Sentant que son cœur balançait, j'ai hésité à leur parler des gamins de la rue d'Alsace-Lorraine, histoire de leur prouver que la police avait tout de même des problèmes plus sérieux à résoudre, mais je ne voulais pas non plus leur filer le cafard en les mettant face au constat de leurs terribles insuffisances. La policière, de toute façon, ne l'entendait pas de cette oreille. Elle assumait de faire régner l'ordre dans ce que l'ordre a de plus bête et elle a pianoté sur sa tablette, de ses ongles cruels et soigneusement manucurés, pour me coller l'amende réglementaire.

Il n'y avait plus rien à dire. J'avais joué et perdu. Ça faisait cher la balade et la capture de ces idées qu'on trouve en levant le nez en l'air. D'autant que pendant ce temps, la femme que je suivais, quoiqu'elle ait mis un point d'honneur à n'avancer qu'à petits pas, était là-bas, au bout du quai, prête à disparaître dans la ville. Je n'allais jamais pouvoir la rattraper. C'était un résumé parfait de l'histoire de ma vie : je réfléchissais trop, et je laissais passer ma chance.

11

Ça ne répond pas, chez Igor. Il m'a demandé de lui faire des courses, m'a invité pour le café, je suis sur son palier depuis maintenant un quart d'heure. J'ai sonné, appelé sur son fixe, j'ai appelé à voix haute et toqué à la porte, lu trois pages de Procope histoire de tuer le temps, ça ne répond pas, il ne se passe rien. La porte a pris un air de plus en plus hostile. J'ai beau savoir que derrière, il y a une petite entrée, une commode avec un vide-poches sorti du four d'Adrienne Berdaguer, et que cette entrée s'ouvre tout de suite à gauche sur le salon, je ne peux pas m'empêcher de visualiser ce long couloir dont le parquet pâlit à force de n'être pas ciré, ce couloir éprouvant qui fait qu'on n'entend rien depuis le salon de ce qui se trame dans la cage d'escalier, qu'on peut croire l'appartement vide alors qu'il y a quelqu'un, ou à l'inverse, penser qu'on est plusieurs même s'il n'y a plus personne. Les araignées y tisseront leur toile dès que cette maison sera inoccupée. Je sais que ce couloir n'existe que dans ma tête, mais quand je suis lucide, je me dis aussi qu'il me tuera.

Je m'apprêtais à lever le camp lorsque j'ai entendu du bruit. Un murmure qui faisait penser à un ronronnement de chat. Ou bien non, pas du tout : à la plainte du vent d'autan dans des huisseries qu'il faut refaire. Et maintenant, parce que le bruit évoluait, au râle de douleur d'un humain. Igor Mumsen était chez lui, mais il ne pouvait pas ouvrir. Je lui ai crié que c'était Elias, que je l'avais entendu et que j'allais chercher du secours. Les pompiers ou les urgentistes, je ne sais jamais qui il convient de joindre, dans ces cas-là. Dans le doute, je suis descendu au quatrième et j'ai frappé chez les voisins. Par un hasard bienvenu, la trentenaire qui m'a ouvert faisait partie de ces femmes pour qui être toulousaine signifie ne pas laisser aux hommes le monopole du rugby. Je lui donnais facile vingt kilos de muscles de plus que moi. On est remontés ensemble, et tout en m'informant qu'elle jouait pilier gauche, elle a pris son élan et défoncé la porte du premier coup d'épaule.

Igor Mumsen était allongé sur le tapis du salon, habillé mais pieds nus, la chemise à moitié boutonnée. Au début il n'a pas parlé. J'ai été soulagé de constater qu'il nous reconnaissait, la voisine et moi. Articulant avec difficulté, il a soufflé qu'il se rappelait très bien que nous avions rendez-vous. Il avait perdu connaissance, il ne savait pas combien de temps. Je lui ai demandé s'il avait mal. Son crâne avait heurté la table basse, la plaie saignait encore mais paraissait superficielle. Pour le reste, il se sentait courbatu de partout. Tandis que nous attendions les pompiers, ses yeux se sont attardés au plafond. Il m'a dit qu'en quinze ans, il n'avait jamais pris la peine de considérer son salon sous cet angle. Je ne savais pas s'il plaisantait. La remarque en tout cas m'a paru de bon augure.

Les pompiers l'ont porté dans sa chambre et l'ont examiné. Est-ce qu'il tombait souvent ? Il a affirmé que non, alors que les hématomes sur ses cuisses et ses bras, certains bleu-noir, d'autres violacés, d'autres s'estompant par degrés vers le jaune, livraient un autre témoignage. Je suis resté au seuil de la pièce pour ne pas déranger. Je sais bien que même les poètes ont un corps, que les corps sont tous faits à peu près de la même manière, mais cela me gênait, pour lui d'ailleurs plus que pour moi, de voir ce corps-là nu. Après avoir hésité à emmener Igor à l'hôpital, les pompiers ont renoncé : il avait rendez-vous avec son médecin le lendemain, il y avait plus de peur que de mal, et ça n'était pas le moment d'encombrer les urgences. En revanche il fallait qu'il s'équipe d'un boîtier de téléassistance, à garder constamment autour du cou pour appeler du secours s'il avait un problème. Et, cela allait de soi, qu'il laisse une clé à la voisine, quand la porte serait réparée. Avant de partir, comme ils sentaient que ça ne plairait pas à Igor, les pompiers ont enroulé d'autorité le tapis du salon et l'ont entreposé derrière le canapé : la pièce avait moins de cachet comme ça, mais c'était raisonnable.

Assis à son chevet, je suis resté une heure encore avec Igor, le temps qu'il se remette de ses émotions. Il a voulu que je lui raconte ma lecture de Procope. Je lui ai dit que ça me passionnait. J'avais envie d'aller à Rome, voir quels vestiges archéologiques subsistaient de la guerre des Goths. Je ne me sentais pas le tempérament pour écrire un roman qui se passerait à l'époque, mais si j'arrivais à trouver une forme fragmentaire, celle d'une méditation qui se nourrirait de ces événements, une forme assez proche, en fait, de celle de certains de ses livres à lui, je n'excluais pas de me lancer. Il m'a dit de ne pas hésiter. Il fallait travailler chaque jour, surtout dans une période comme celle que nous traversions. J'ai soupiré que j'en étais loin. Je me réveillais assez souvent en me demandant ce que je faisais sur terre en général, et à quoi je servais plus particulièrement dans la crise actuelle. « Oh ça, c'est assez clair, a répondu Igor en se dressant sur ses oreillers. Vous ne servez à rien. » Et comme il me voyait accuser un peu le coup : « Vous ne servirez jamais à rien. » Il me balançait ça, et ses yeux me souriaient.

L'instant d'après, une vague de vertige ou de douleur lui a couru sur le visage. Je lui ai tenu la main pour la laisser refluer. « Voyez, a-t-il repris, ça nous renvoie à ce que disait André. » J'ai compris qu'il parlait d'André du Bouchet, dont il a été proche, à certains moments de sa vie. « Il y a la vieille question, l'une des questions vitales pour qui aime la littérature. J'imagine que vous la connaissez. C'est celle qu'a posée Hölderlin dans une de ses grandes élégies. *Wozu Dichter in dürftiger Zeit ?* Pourquoi des poètes en temps de besoin, de détresse ? Savez-vous ce que du Bouchet avait coutume de répondre à ça ? Il disait : “Tous les temps sont des temps de détresse. Il y a *quelquefois* des poètes." » J'ai gardé le silence une minute. Igor savait que je partageais son admiration pour Friedrich Hölderlin, mais nous n'avions jamais discuté de ce vers-là. « Et vous, alors ? ai-je demandé. Vous êtes d'accord avec ça ? » Il s'est tourné vers la fenêtre, à la recherche de la lumière. « Eh bien je crois que non, à vrai dire. J'espère qu'il ne se passe pas d'année sans que naissent des dizaines de poètes. Ils ne peuvent pas être si rares. Et j'imagine aussi qu'il y a des temps de détresse qui sont pires que les autres. »

L'émotion m'a gagné. C'était fort de sentir cet accord entre nous. Ce que je lisais sur le sixième siècle ne me donnait aucune envie d'y émigrer, cela m'apprenait, même, à apprécier l'époque où je vivais à sa juste valeur, mais pour autant, l'avenir que les scientifiques nous prédisaient me paraissait plus désastreux encore que ces années sans soleil : non pas un hiver volcanique affamant les populations pour quelques décennies, mais un climat trop chaud et trop humide, dans beaucoup de régions du monde, pour que les humains puissent encore y vivre, et cela pour des centaines voire des milliers d'années.

« C'est triste à dire, a poursuivi Igor, mais la pire catastrophe de l'Histoire, à mon sens, ce n'est pas le phénomène climatique que vous êtes en train d'étudier, et pas non plus la guerre épouvantable qui m'a privé de mes parents. C'est quelque chose qui sur le papier a l'air beaucoup plus joyeux que ça. » J'ai attendu de voir où il voulait en venir. « Je suis né sur une terre qui comptait deux milliards d'habitants, pour la plupart des paysans qui se nourrissaient eux-mêmes. Je vais mourir alors qu'elle va bientôt en compter huit milliards. Ce n'est plus la même terre... » On ne le ferait pas démordre de l'idée que c'était ça aussi qui nous mettait dans le pétrin. L'humanité prenait trop de place. Elle ne savait pas se satisfaire de peu, et elle ravageait le monde. « Comment voulez-vous demander à des milliards de personnes qui ont le sentiment de vivre déjà mal de ne plus imiter les riches et de se contenter d'encore moins ? » Il m'a jeté un long regard. « Et quant à moi, si j'étais conséquent, il serait temps que je me décide à faire de la place aux jeunes. Mais j'avoue que j'ai peur, Elias. J'ai peur... »

Le week-end qui a suivi, il a fallu parler d'avenir avec Maud. Elle serait bachelière en juillet et devait formuler ses vœux pour sa première année d'études. Jusqu'à peu, elle était décidée à suivre son goût du dessin et à se présenter à des écoles d'art, aux Beaux-Arts à Toulouse, peut-être à Paris à l'Atelier de Sèvres, si nos finances étaient à la hauteur. Un flou pénible entourait depuis deux mois les modalités des concours, et sa motivation chutait. Elle ne voyait aucun sens à recevoir ce genre d'enseignements à distance. Elle nous a sorti que de toute façon, ça ne servait à rien. C'était à croire qu'elle m'avait placé sur écoute et avait suivi ma conversation avec Igor Mumsen. « Les arts plastiques, ça ne rime à rien. » Elle ne pouvait pas se lancer dans un truc aussi narcissique alors que le monde cramait. Camille a objecté que ça n'était plus les Beaux-Arts à l'ancienne, que ça ouvrait sur des débouchés professionnalisants, et que dessiner était aussi une belle manière d'agir. « Non, a maugréé Maud. Là tu parles du dessin de presse, ou de la bande dessinée, moi ce genre de trucs ça ne m'intéresse pas. » J'ai reconnu que c'était difficile de tout concilier, de faire quelque chose qui ait du sens et qui ait un impact : « De toute façon, vous n'allez pas non plus militer à l'ancienne. Si tu veux t'engager, tes formes d'engagement tu vas les inventer. Tu trouveras des compromis. Et je n'ai pas beaucoup de doutes sur le fait que tu sauras te rendre utile. »

Non, a insisté Maud. Ce n'était pas elle le problème. C'était cette situation à laquelle elle ne pouvait rien. Tous les experts un peu honnêtes reconnaissaient que c'était cuit. Il y avait eu un vague espoir, en 2015, autour de l'accord de Paris, mais puisque aucun État ne respectait ses engagements… Et cette putain de crise qui nous ferait encore perdre cinq ans ! C'était déjà presque impossible d'affronter le camp adverse dans des circonstances ordinaires, alors avec des restrictions de liberté pareilles, et le flicage généralisé qu'ils étaient en train d'instaurer, ça devenait carrément injouable. Les alertes des scientifiques feraient toujours moins parler que la façon dont se fringuent les femmes. Il n'y avait plus qu'à se consoler en se disant que notre espèce faisait de son mieux pour mériter son extinction. « On ne peut pas survivre en se montrant aussi débiles », a conclu Maud.

J'ai cru que c'était fini. Mais le lendemain j'ai eu le malheur de cuisiner des pavés de saumon que j'avais achetés au marché en pensant faire plaisir. Elle est repartie pour un tour. « Papa. Tu le fais exprès ou quoi ? Tu ne peux pas te renseigner un peu ? » On ne pêchait pas de saumon sur les côtes françaises. Les saumons venaient de loin, et c'étaient des poissons d'élevage. Ils étaient si serrés, les pauvres, que les parasites les dévoraient. On les gavait avec des farines animales, qui étaient fabriquées elles-mêmes avec d'autres espèces surpêchées. C'était quasiment pire que de tuer les saumons sauvages. Entre ça et le bœuf bourguignon que j'avais fait mijoter l'autre jour, clairement je n'étais capable de me priver de rien, je ne voulais renoncer à aucun de mes privilèges ou de mes habitudes merdiques. Dans sa génération à elle, les gens un peu lucides ne pourraient rien se permettre : ni de voyager en avion, ni de manger ce qu'ils voulaient, ni de passer leurs vacances dans des baraques où le chauffage coûte une blinde. Et comme la grande majorité était trop égoïste pour accepter ces sacrifices, on allait continuer de foncer vers l'incendie le pied sur l'accélérateur. « Je ne ferai pas comme vous, moi, a tempêté Maud. D'abord, je ne ferai pas d'enfants. »

Elle ne comprenait pas ce qu'on avait foutu. Puisqu'on était à peu près conscients du problème, plus en tout cas que la moyenne des gens, on aurait dû faire quelque chose. Je lui ai dit qu'elle était injuste. On ne parlait pas de ces enjeux, il y a vingt ans. On dénonçait des industries, de grands pollueurs, on était très mal informés sur les responsabilités qu'avait aussi chacun de nous. Et puis cette période où d'après elle on aurait dû se bouger, qui paraissait dans son esprit avoir duré un siècle, et qui était notre jeunesse, elle nous avait filé entre les doigts. C'étaient vingt ans à peine, où on s'était entre autres consacrés à l'élever. Au cours de ces vingt ans, je m'étais engagé pour les causes qui me semblaient justes, vraiment, dès que j'avais pu, mais j'avais voulu que ça ne se fasse ni au détriment de l'écriture, ni aux dépens de mon couple et du temps que je passais avec elle. Alors je voulais bien croire que mon bilan de militant était maigre à ses yeux, mais rien ne venait de rien, en y réfléchissant.

« Non, papa, a continué ma fille-volcan. Tu me baratines. Ça n'est pas ta priorité que les choses changent. » J'étais peut-être heureux, affirmait-elle, que mes livres aient un peu d'impact, mais ça n'était qu'une sorte de bénéfice collatéral, ma priorité ça restait clairement de faire de l'*art*, ou plus précisément, de me regarder faire de l'*art*, et surtout de me plaindre qu'il n'y ait pas plus de gens pour apprécier cet *art*. « Tu es dans la logique du geste », m'a-t-elle assené. Bordel, qui lui avait appris à s'exprimer comme ça ? « Hors de question que je finisse comme toi, méconnu et geignard. » Camille s'est levée : « Ça suffit, Maud. » Mais pour Maud ça ne suffisait pas : « Tu dis que tu fais de ton mieux. Alors explique un peu. Tu fais quoi en ce moment ? Sur quoi tu travailles en ce moment ? »

J'aurais pu lui répondre, sur un écrivain byzantin qui a vécu au sixième siècle. Sur un épisode méconnu et pourtant décisif de notre histoire climatique. Ça ne me semblait pas hors sujet. Ça n'était pas déconnecté, pour moi. Tout le monde n'était pas compétent pour mettre au point une taxe carbone ou planifier l'agriculture de l'après-pic pétrolier. Alors d'accord, ça donnerait au mieux un livre lu par quelques milliers de personnes, pas les millions de vues de ses influenceuses favorites, mais je n'aurais rien gagné non plus à me dénaturer. J'ai gardé cette réponse pour moi. Son ton ne donnait pas très envie de poursuivre le dialogue. « Maintenant tu arrêtes, Maud », a dit Camille. Maud ne s'arrêterait pas. « Il y a au moins un avantage à ce qui se passe en ce moment, a-t-elle lancé encore. Ça fera du bien que les vieux crèvent. Puisqu'ils ne savent pas changer, qu'ils crèvent. C'est le seul espoir qu'on ait maintenant : que les vieux crèvent, et vite. » Camille s'est approchée et lui a collé une gifle.

En d'autres circonstances, je lui aurais enjoint d'aller se calmer dans sa chambre. Là ça me semblait trop près encore. L'appartement n'était pas assez grand pour y discuter en famille de l'effondrement imminent de notre civilisation. Alors j'ai attrapé Diego, embrassé ses bonnes joues sur lesquelles roulaient des larmes rondes, je me suis muni d'une lampe de poche et je suis descendu avec lui à la cave. Son cœur battait encore plus vite que le mien, dans sa petite cage thoracique. J'ai projeté le faisceau de la lampe sur un mur, et de mes dix doigts de piètre militant, j'ai fait surgir des animaux par la grâce des ombres chinoises : les cygnes des îles de la Garonne, les ours pyrénéens, les loups qui marchent sur les crêtes pour hurler plus près de la lune. Lorsqu'il en a eu marre, il a passé en revue nos bouteilles, en répétant : « Et ça, ça s'appelle qui ? » Je me suis senti tenu de lui présenter Médoc, Chablis et Pic Saint-Loup. Ce sont des amis qui consolent. Ils vivent dans des châteaux, où à n'en pas douter ils l'inviteraient plus tard. Mon pouls ralentissait. Diego m'a posé d'autres questions. Il trouvait la cave formidable et ne comprenait pas qu'on ne vienne pas plus souvent. Et puis de l'autre côté de la porte, j'ai entendu soudain une autre voix que j'aime, et qui disait : « Pardon, papa, pardon. »

12

Il était près de 2 heures du matin. Une nuit sans lune encerclait la maison. Diego s'était réveillé plusieurs fois, dans des pleurs de cauchemars : il n'arrivait pas à parler, il nous reconnaissait à peine, la peur tapie dans le noir entrait de nouveau dans son lit dès que nous tournions les talons. Comme on tremblait de fatigue, on a cessé de lutter et Camille s'est recouchée en le blottissant contre sa poitrine. J'ai entendu leurs souffles se faire plus réguliers. Moi je n'avais plus de place, et le sommeil ne revenait pas. Je suis allé me glisser dans le lit de Diego encore tiède, j'ai rallumé l'ordinateur et, par un réflexe détaché de toute forme d'intention, j'ai consulté mes mails.

Emily Kent venait de m'écrire. *Dearest Elias*, commençait-elle. Elle plantait le décor, voulait me faire voir ce qu'elle voyait. Elle s'était réfugiée à Long Island, dans la maison familiale d'East Hampton qu'elle s'était attachée à décrire dans son premier roman. Tandis qu'elle m'écrivait, le soleil se couchait sur le jardin. Deux écureuils jouaient à cache-cache dans les branches du chêne rouge, profitant de cette heure tranquille. Emily allait bien. Si on peut dire. Elle avait du mal à écrire, à se concentrer sur quoi que ce soit. Son divorce se transformait en imbroglio épouvantable, elle cherchait depuis des mois un appartement décent à New York pour se reloger avec sa fille, mais à part ça, elle allait aussi bien que le permettaient les circonstances. Elle jardinait. Elle marchait dans le grand vent de l'océan Atlantique. Et, même si elle n'aurait pas dû écrire ça, elle pensait à moi, souvent, et à notre rencontre ratée. Quelque chose lui disait que ç'aurait été une rencontre au sens le plus marquant et le plus excitant du terme.

À part ça, hum, elle m'envoyait le fichier de *Late Antique Little Ice Age*. Il ne lui avait en fin de compte pas été si difficile de le trouver, puisqu'un de ses anciens camarades d'études à Columbia enseignait dans la même université que mon Peter Drysdale. *Looks like a fascinating read*, s'exclamait-elle en revenant pour conclure à l'optimisme anglo-saxon. Ils sont comme ça, là-bas. Ils trouveront plein de choses formidables jusque dans les flammes de l'enfer. J'ai rêvassé à ce qu'impliquait cette parole devenue soudain plus intime. Peut-être qu'un temps de détresse était aussi un temps pour couper court aux conventions. Je me suis dit qu'il faudrait que je relise mes mails, pour voir si je lui avais tendu des perches sans en être pleinement conscient. Peu importait, d'ailleurs : je me réjouissais de poursuivre sur ce ton. Et en attendant cela, comme le sommeil m'avait fui, j'ai calé contre mes lombaires les plus grosses peluches de Diego et je me suis plongé dans le livre de Drysdale.

J'ai connu une grande nuit. Il y en a parfois. Ce n'était pas l'insomnie mauvaise qui frotte sur les cordes des nerfs, mais une énergie renouvelée qui paraissait sortir du livre comme de la lampe du génie et qui me maintenait en alerte. J'ai lu six heures de rang, en sautant les détails et en me retenant de prendre des notes. J'avais besoin de m'approprier les grandes masses du texte, de savoir à quoi j'avais affaire. Drysdale partait des événements de 535-536 et essayait de déterminer les conséquences qu'ils ont eues sur tous les continents, dans le siècle qui a suivi. Il mobilisait tour à tour les témoignages d'époque, les vestiges archéologiques et des données de sciences dures sur l'état des écosystèmes. Partisan de la thèse volcanique, sur laquelle il revenait à la fin de son livre, il expliquait que l'éruption ou les éruptions successives avaient détraqué le régime des pluies, partout dans le monde. En cela, les volcans s'étaient faits les complices des virus. Les pluies soudain massives sur la corne de l'Afrique avaient créé un surplus de nourriture pour les rats, qui avaient échappé à la régulation de leurs prédateurs. Face aux sécheresses qui s'étaient ensuite déclarées, ils étaient remontés vers l'Égypte et avaient propagé la peste dans le Bassin méditerranéen.

Pour ne plus attirer les rongeurs, les peuples d'Afrique de l'Est ont délaissé la culture des céréales et sont passés un temps à une agriculture plus pastorale. Dans les steppes mongoles, les Avars, dont les chevaux ne trouvaient plus de quoi pâturer, ont reculé devant les Turcs, qui élevaient plutôt des moutons et se portaient mieux, dans les montagnes. Les Avars ont migré vers l'ouest, fondé un autre empire sur les rives du Danube, chassé les Slaves vers les Balkans et les Lombards vers l'Italie. Solidement implantés sur la frontière nord de l'Empire, ils ont fait partie de ceux qui se sont mis à réclamer, incursion après incursion, ces tributs dont Procope estime qu'ils ont ruiné Byzance.

D'après Drysdale, l'expansion de l'islam trouvait une de ses origines dans le désastre climatique. L'alternance de sécheresses et de précipitations brutales a fragilisé l'immense barrage de Marib, ce chef-d'œuvre millénaire d'ingénierie qui irriguait le Yémen. À sa rupture définitive, en 570, les terres du royaume d'Himyar ont été abandonnées et la population a migré vers le nord, notamment vers Médine. Grâce à la fin de cette domination du Yémen, et face aux Perses diminués par leurs conflits avec Byzance, une force nouvelle a pu se constituer dans le centre de l'Arabie. L'Empire romain s'est mis à défendre ses places-fortes, sans être capable de s'allier la population des campagnes ou de contre-attaquer, si bien que peu après la mort de Mahomet, et alors que Procope n'était plus là pour composer là-dessus quelques pages élégiaques, les musulmans ont pris Jérusalem et sa chère Césarée.

Les yeux me piquaient à scruter mon écran. J'ai allumé la lanterne magique qui envoie Diego en voyage, et regardé les châteaux construits sur des crêtes montagneuses, les cavaliers en armes et les navires chargés de catapultes qui se mettaient à envahir de leurs silhouettes fantasmatiques les murs et le plafond de la chambre.

De l'Arabie, Drysdale sautait à l'Angleterre. Les arbres n'y ont repris leur croissance habituelle qu'en 555. Les hivers ont été si rudes qu'on pouvait nourrir à la main les renards et les passereaux. La peste est arrivée par les bateaux marchands venus de Méditerranée, et a transformé Tintagel en une cité-fantôme. Ce n'est pas un hasard si le roi Arthur de la légende meurt vers 540. La mort du bon roi coïncide avec l'arrivée de la grande mort. L'imaginaire de la terre gaste qui nous habite toujours, le *waste land*, avec ses villages où aucune cheminée ne fume plus, ses champs que personne ne laboure, ce brouillard que ne percent que les cris des corbeaux, est un souvenir de ce désastre. À voir la carte des lieux dépeuplés, il a surtout touché les populations celtes, ce qui a permis aux Saxons, depuis les forêts de l'Est, de gagner du terrain, de les repousser vers le pays de Galles et vers la Cornouailles. Sans cette épidémie, avance Drysdale dont je devinais ici le demi-sourire, l'Angleterre serait restée beaucoup plus celte, et beaucoup moins saxonne. D'ailleurs, l'allure de la France aussi aurait été changée : quand les Francs conquièrent le Midi, en 537, la peste fait rage dans les provinces romaines, à Arles, Lyon et Narbonne, et le commerce maritime décline, ce qui a pu les inciter à maintenir leur capitale au nord, dans une région alors pourtant moins riche et moins peuplée, sur les rives de la Seine.

Plus avant dans la nuit, je me suis retrouvé catapulté en Chine. L'*Histoire des dynasties du Sud* le note sans ambiguïtés : un jour de février 535, les gens ont entendu une double explosion, un bruit semblable au tonnerre, mais bien plus puissant que le tonnerre, et plus puissant en fait que tous les sons terrestres connus. Quelques mois plus tard, il neigeait de la cendre qu'on pouvait prendre à pleines poignées. Espérant faire revenir la pluie, l'empereur Wudi a lui-même poussé la charrue lors de la cérémonie qui ouvre la saison des labours, alors que ce rite était tombé en désuétude. Son peuple mourait de faim, le cannibalisme était devenu banal, il fallait bien montrer que le pouvoir faisait de son mieux. L'impôt n'a pas été prélevé, plusieurs années, dans les campagnes. Il n'y avait de toute façon plus de richesses à collecter. Hou Jing, un général d'origine turque, a rameuté le peuple en colère et il a assiégé Nankin, qui était tout bêtement avec un million d'habitants la plus grande ville du monde. Vêtus de leurs habits de luxe, les riches sont morts de faim à leur tour, dans leurs palais déserts. Une fois vaincu, Hou Jing n'a pas connu une fin plus riante : on a brûlé ses os pour en mêler les cendres au vin, et on a conservé son crâne pour qu'il serve de coupe. Puis, en 588, le fondateur de la dynastie des Sui, Yang Jian, décidé à réunifier le pays, a recensé dans une lettre à l'empereur Chen Shubao tous ses crimes politiques, et il a diffusé ce tract de propagande à des centaines de milliers d'exemplaires, partout dans le Sud, avant de donner l'ordre à son immense armée de franchir le fleuve Jaune. On dit que Chen Shubao était trop ivre pour ouvrir les courriers de ses généraux lui annonçant cette invasion. Dans ses *Lamentations pour le sud du Fleuve*, le poète et diplomate Yu Xin, mort en exil dans une cour du Nord qu'il considérait comme barbare, a pleuré ce temps de catastrophes, et son pays perdu.

Et à la même époque, à l'autre bout du monde, Teotihuacán aussi a connu trente années de sécheresse. La pire sécheresse de ces trois derniers millénaires, à ce que révèlent le niveau des rivières et les sédiments des lacs. La ville était plus petite que Nankin, mais dominait tout de même de ses deux cent mille habitants toute la Mésoamérique. Elle importait des coquillages des côtes, du coton et du jade des territoires mayas. Les habitants se sont mis à mourir avant leurs vingt-cinq ans, victimes de malnutrition. L'élite chargée de l'équilibre du monde a été accusée de ne plus réussir à le maintenir, alors que la pyramide du Soleil était consacrée à Tlaloc, le dieu de la Pluie. Le peuple a fini par se révolter, incendiant des dizaines de palais et de temples, assassinant les riches sans savoir que des archéologues, mille cinq cents ans plus tard, exhumeraient ici un crâne fracassé, ici un humérus, là un fémur, et parviendraient à affirmer qu'ils étaient ceux d'un seul et même individu. Dans la carrière de Coatlinchán, les ouvriers ont abandonné le travail sur leur statue de Tlaloc, un monolithe de basalte de plus de cent cinquante tonnes, qu'on a retrouvé là en l'état au milieu du XIXe siècle…

Par intervalles, je sentais que Peter Drysdale y allait un peu fort. Il rattachait à son *Late Antique Little Ice Age*, joliment abrégé en LALIA, des événements qui se seraient produits sans lui, ou qui me semblaient n'en être que des conséquences lointaines. Quand il y avait une marge d'incertitude sur l'époque à laquelle avait été désertée une cité ancienne, ou sur les causes d'une révolte, il tranchait sans ambages pour l'hypothèse qui validait son grand récit, sans s'attarder sur ce qui pouvait le contredire ou le fragiliser. Cela étant, le livre était assez rigoureux pour que je ne doute plus de son constat global : la crise climatique du sixième siècle, avec ses températures estivales plus froides de deux degrés, son alternance brutale de pluies diluviennes et de sécheresses, a changé la face du monde.

À le lire, je retrouvais des sensations de jeunesse. Celles que j'avais eues en découvrant la poésie de Victor Hugo, cette vision d'un mur de l'Histoire taillé en pierres humaines, où le granit fait saigner la chair, où les siècles sont des sphinx veillant sur leurs énigmes. Et plus prosaïquement, celles de ces jeux vidéo où l'enjeu était de découvrir avant les autres l'art de la métallurgie, la poudre, la caravelle, l'imprimerie ou le nucléaire, afin que le soleil ne se couche jamais sur l'empire qu'on bâtissait. Si j'avais pris le temps de revisiter ça aujourd'hui, j'aurais sûrement trouvé Hugo très emphatique et ces jeux bien trop militaires. Il n'y avait plus de philosophie de l'Histoire qui vaille. L'Histoire n'avait ni sens ni but. Mais je restais passionné par ce courant intellectuel qui relisait le destin des civilisations en insistant sur les contraintes écologiques qu'elles avaient subies, sur la manière dont elles s'y étaient adaptées ou dont celles-ci avaient provoqué leur déclin. J'en retenais entre autres que l'espèce humaine avait prospéré grâce au climat exceptionnellement doux et stable de l'Holocène, et que le changement de régime en cours risquait de nous soumettre à une pression évolutive que nous ne serions pas forcément capables d'encaisser.

Lorsque Diego s'est réveillé, le jour avait dissipé les mirages, et je ne tenais plus debout. C'était un samedi, par chance, où Camille ne travaillait pas. J'ai récupéré quelques heures, et puis je suis sorti pour aller voir Igor, en achetant au passage pour lui sur les étals du marché des asperges et des fraises. J'étais impatient de lui faire part de mes dernières découvertes. Est-ce qu'il avait entendu parler de Yu Xin, de ces *Lamentations pour le sud du Fleuve* dont le titre déjà m'emballait ? Est-ce qu'il pensait que la terre gaste de la légende d'Arthur pouvait vraiment être un souvenir tardif de la peste de Justinien ? Une fois sur le palier, j'ai de nouveau sonné sans réponse. La scène se répétait, avec un goût de déjà-vu. Aux murs, j'ai repéré des marques noires, comme le frottement d'encombrants auxquels on aurait eu du mal à faire passer la porte. Je suis descendu chez la voisine. « On ne vous a pas prévenu ? » m'a-t-elle demandé la bouche droite. Igor Mumsen n'était plus là. Il était tombé de nouveau, la veille, mais cette fois-ci c'était sérieux : les pompiers l'avaient emmené à l'hôpital. J'ai demandé si elle se souvenait où. Elle pensait que c'était à La Grave. J'ai descendu les escaliers et couru jusqu'à ma voiture.

À l'accueil de l'hôpital, ils m'ont confirmé l'admission de monsieur Igor Mumsen. Je ne pouvais pas le voir, non : dans son secteur, il n'y avait pas de visite autorisée. Comme je pouvais le deviner, aucun médecin n'aurait le loisir de me recevoir. Je n'étais pas de la famille, de toute façon, on ne pouvait rien me dire sur son état. J'ai raconté que c'était un grand poète, un grand ami, et que je faisais tout de même partie, ces derniers temps, du cercle de ses proches. J'ai demandé si quelqu'un de sa famille au moins avait pu venir. On ne savait pas me répondre. Famille ou pas famille, ça ne changeait rien d'ailleurs : puisqu'on me disait qu'aucune visite n'était autorisée. La loi dressait de nouveau ses barrières et ses murs. Je ne pouvais même pas en vouloir aux gens qui me faisaient face, ils étaient plus exposés que moi, ils se dépensaient beaucoup plus et vivaient une très sale période. En retraversant la Garonne, le soleil a fait briller dans mon rétroviseur la coupole verte de l'hôpital. Igor Mumsen était retenu là, dans une de ces bâtisses où on a très longtemps enfermé les nécessiteux et soigné les pestiférés. Il était alité, conscient ou inconscient, respirant seul ou ne respirant plus que parce qu'une machine l'y aidait, bientôt remis ou bientôt mort, et je n'avais pas le droit de le voir – et je ne pouvais rien y faire.

13

On a retrouvé un peu de liberté. Celle qui nous paraissait si évidente, avant : la liberté d'aller et venir quand on en a le temps et les moyens. Ça n'était qu'un répit, mais raison de plus pour essayer d'en profiter, de reprendre notre souffle avant que ne déferle une autre vague. Un matin, on s'est donné rendez-vous avec Tanguy Jolas et Marcus Gambrich au pont des Minimes, et on a entrepris de descendre à vélo le canal du Midi. Dans mon cœur, cette balade éveillait des souvenirs : je l'avais faite deux ou trois fois avec mes parents, j'avais recommencé dès que Maud avait acquis assez d'endurance pour rouler, et j'aimais la faire seul, aussi, pour que le défilé des platanes, le clapotis de l'eau et le voyage lent des péniches vident ma tête du fatras qui l'occupe et y fassent naître des pensées plus sereines. Au bout d'à peine une demi-heure, on a le sentiment d'avoir quitté la ville. En fait c'est encore très urbanisé, de part et d'autre du canal, mais peu importe : on ne le voit pas et on l'oublie. Tanguy fait du cyclisme sur route depuis qu'il est gamin ; Marcus pédale avec les fulgurances et la désinvolture de l'alcoolique professionnel ; notre trio est si mal apparié qu'on a vite conclu qu'il faudrait faire ça plus souvent.

Arrivés à l'écluse de Castanet-Tolosan, on s'est posés à la guinguette. Une cigarette russe plantée dans une verrine de glace, le tremblement de l'eau dans la carafe, la limonade qu'on décapsule : j'étais si heureux de revivre que le monde me paraissait beau dans ses moindres détails. Marcus avait continué de travailler, et même de prospérer pendant toute la période : à l'évidence, les gens avaient jugé que le vin faisait une valeur refuge idéale pour investir tout ou partie de leur épargne forcée. Le tableau était moins riant à Nisi in angulo : beaucoup de nos clients semblaient avoir pris le pli de se déplacer jusqu'aux librairies de l'hypercentre, qui avaient plus de stock et géraient les commandes avec plus de promptitude, et faute de les attirer par la promesse de fête de nos soirées rituelles, on les voyait nettement moins. Tanguy se disait convaincu que c'était une mauvaise passe, que ça repartirait quand la situation serait revenue à la normale, mais je n'étais pas sûr qu'il était prêt à mettre en place ce qu'il fallait pour que ça marche. Quant à Igor Mumsen, nous avions fini par en avoir des nouvelles grâce à un ami de Tanguy, chef de service à l'hôpital : il remontait la pente, il sortirait dans quelques jours, non pas pour retourner chez lui, mais accueilli dans un établissement pour personnes dépendantes. Je me figurais mal Igor vivre loin de sa vue sur les toits de tuiles, de ses estampes japonaises et de sa bibliothèque, coupé non plus seulement des paysages où il aimait se promener, mais des objets patinés par le temps qui l'entouraient de leur présence et nourrissaient sa poésie. Une autre page se tournait dans sa longue existence : il fallait se faire une raison.

Alors qu'on pique-niquait dans les débuts du Lauragais, avant de s'enquiller les trente-cinq kilomètres du retour, ils m'ont patiemment interrogé sur mon travail. Comme je suis incapable de raconter de moi-même, ça faisait du bien d'être lancé et relancé. Je leur parlais du sixième siècle, du refroidissement climatique, de la peste bubonique, et je prenais conscience que j'étais sûr de tenir quelque chose, que je m'étais mis à y croire fort. « Quand tu dis sans soleil, m'a demandé Marcus, ça veut dire quoi, exactement ? » Eh bien, il va de soi que le soleil n'avait pas disparu. Ce sont des particules stagnant dans l'atmosphère qui réduisaient l'intensité de son rayonnement. Il n'y avait que trois possibilités pour expliquer un phénomène pareil : un astéroïde, une comète ou un volcan. Les scientifiques jugeaient les deux premiers scénarios improbables : les collisions d'astéroïdes de taille suffisante se produisaient tous les cinquante millions d'années, celles de comètes tous les cinq cents millions d'années. « Donc pas tout à fait tous les jours... » Un impact terrestre aurait laissé un cratère qu'on aurait déjà découvert, et si l'impact avait eu lieu dans l'océan, le tsunami qui s'en serait suivi aurait ravagé les régions côtières avec une violence telle que les géologues et les archéologues en auraient repéré des traces.

« Tandis que côté volcans, on a beaucoup d'indices. » Dans les carottes prélevées aux deux pôles, la couche de glace datant de cette époque était contaminée par de l'acide sulfurique. La neige acide tombée sur l'Antarctique pendant quatre ans révélait l'épisode volcanique le plus impressionnant dont le continent ait gardé trace pour le premier millénaire de notre ère. C'est en s'appuyant là-dessus, sur le fait que les chutes de neige acide avaient été plus abondantes au pôle Sud, que Peter Drysdale cherchait un volcan tropical. Le régime des vents et l'étude des cratères plaidaient à ses yeux pour le Rabaul, à l'est de la Papouasie, ou plus probablement encore pour le Krakatoa. Le *Pararaton*, qui chronique l'histoire des royaumes de Java, mentionnait bien une éruption suivie de tempêtes de pluie et d'un grand raz-de-marée. Alors certes, il situait l'événement en 416, pas en 535, mais les datations étaient souvent plus qu'approximatives dans ces ouvrages anciens. « Il se pourrait même que cette éruption ait créé le détroit de la Sonde, entre Java et Sumatra. Ça n'est tout de même pas rien... » En tout état de cause, Java-Ouest a périclité dans les années qui ont suivi, et le roi Suryavarman a résolu de transférer sa capitale à l'est. L'éruption en question avait sans doute été assez puissante pour projeter du magma jusqu'à trente-cinq kilomètres d'altitude. Là-haut, les températures de la stratosphère ont transmué l'eau de mer en nuages chargés de cristaux de glace : ce sont eux avant tout qui ont refroidi le climat. Cette vapeur d'eau est retombée par endroits sous forme de déluges de pluie, mais le climat globalement plus froid a aussi diminué l'évaporation sur terre et sur mer, d'où les sécheresses documentées entre autres en Mongolie, en Chine et au Mexique.

« Et cette thèse-là fait consensus ? a demandé Tanguy. C'est le Krakatoa qui a fait le coup ? » Je n'avais pas encore creusé dans cette direction-là, mais assez pour savoir que non : tout le monde n'était pas d'accord avec Drysdale. Michael McCormick, à Harvard, se fondait sur l'étude de carottes glaciaires prélevées dans les Alpes, au glacier Gnifetti, à la frontière italo-suisse. Ulf Büntgen, à Cambridge, étudiait sur le temps long les anneaux de croissance des mélèzes sibériens. Tous deux pensaient qu'il y avait eu une série d'éruptions : une première dans l'hémisphère Nord en mars 536, très probablement en Islande ; puis deux à des latitudes tropicales, la première de très grande ampleur, en 540, et une autre pour faire bonne mesure en 547. Le refroidissement avait duré jusqu'à 660 environ. Aux alentours de cette date, la pollution des glaciers alpins par de la poussière de plomb montrait que l'économie européenne avait récupéré : les mines étaient de nouveau actives, on avait besoin de plomb pour battre la monnaie. « Ce qui est dingue, ai-je conclu, c'est qu'on ignorait tout de cet épisode il y a encore vingt ans. Et j'imagine que d'ici vingt ou trente ans, on aura trouvé les moyens d'en savoir beaucoup plus… »

On s'est remis en selle. Il était près de 15 heures, les gens faisaient la sieste sur le pont de leurs péniches, ou remontaient le canal dans des bateaux à moteur électrique qui se conduisent sans permis. Je me suis arrêté pour photographier une péniche rouillée, quasi à l'abandon, que je me sentais prêt à reprendre, et à repeindre en bleu paon ou en vermillon si on voulait bien commencer par me la donner pour rien. Un peu avant Port Sud, à un endroit où les platanes s'élevaient avec une majesté particulière, une funambule traversait le canal sur sa corde tendue à vingt mètres de hauteur. Elle était sur le point de réussir lorsqu'une force invisible l'a déséquilibrée : elle est tombée, a rebondi plusieurs fois dans son harnais, est remontée en se tractant des bras, puis en nouant autour de la corde ses jambes de circassienne. On l'a regardée encore un peu, assez amoureusement, et c'est à ce moment-là que le portable de Tanguy Jolas a vibré.

« C'est Cassagnau », a-t-il constaté d'un air blême. Son ami médecin à La Grave. Il a eu le réflexe de mettre le haut-parleur. Même sans cela, je connais mon Tanguy, j'aurais tout lu sur son visage. Depuis la veille au matin, l'état d'Igor s'était brusquement dégradé. « Il n'était pas entré pour ça à l'origine, a dit la voix dans le téléphone, mais là, il a été contaminé. » Vu les troubles respiratoires qu'il a vite développés, ils se sont posé la question de l'intuber. « On avait le lit dispo, a dit la voix, mais sincèrement je pense qu'il ne l'aurait pas supporté. Avec son tableau clinique... on n'a pas voulu prendre le risque. » Igor s'est battu toute la nuit avec la fièvre, les diarrhées et la toux. « On a senti qu'il se battait. Il voulait retrouver son souffle. » Ce matin il était plus calme, d'après les infirmières, et ce midi c'était fini. « Je suis désolé, a dit la voix lointaine : on l'a perdu. » La brise et le soleil jouaient dans les platanes. On avait roulé loin sans croiser de mauvais présage ; je n'avais perçu aucun signe. Là-haut, la funambule avait repris sa progression et cette fois elle touchait au but. J'ai entendu la voix de Maud lancer : « Ça fera du bien que les vieux crèvent. » Je me suis entendu répondre : « Voilà, tu es servie. Contente ? » J'ai haï ma mémoire de me renvoyer à ça. Bien sûr que Maud n'en pensait pas un mot. C'était la grande tristesse qui prenait mon cerveau en otage. J'aurais mieux fait de fondre en larmes, franchement.

Le soir, la mort d'Igor Mumsen était dans les dépêches. Le surlendemain, les hommages ont paru. Tous mentionnaient à peu près les mêmes recueils et les mêmes traductions, la discrétion de l'homme, son amour de la marche, des vignes des Corbières et des vieux temples du Japon. Mes fils d'actualité, sur les réseaux, se sont pavoisés de citations de ses vers. Des personnes qui ne le lisaient plus depuis des décennies ont ressorti *Les Crépusculaires*, *Cahiers de lune* ou *Pandémonium*. Des lectrices ont retrouvé le poème qu'elles avaient recopié pour leur grand amour de jeunesse. Des lecteurs en ont découvert qu'ils ne connaissaient pas, et qui les ont émus. La radio a rediffusé une émission où Igor Mumsen se disait prêt à accueillir la mort comme la forme parfaite du silence. Moi je savais qu'il n'était pas si sage. Il m'avait dit : « J'ai peur. » J'aurais aimé l'entendre me raconter ce qu'il pensait de tout ça, de cette crue subite des commentaires. Au bout de quelques jours, il y a eu d'autres décès, des polémiques, des catastrophes, et quand je me connectais ou que j'ouvrais les journaux, ça avait reflué, il n'était plus question d'Igor Mumsen, l'attention collective s'était reportée sur d'autres choses – alors que moi j'aurais eu besoin de sonner à sa porte et de discuter encore avec lui, de passer des heures calmes à parler de la vie et de la littérature.

14

Maintenant je dois raconter une autre nuit. Pas une nuit de lecture enthousiaste dans les feux d'une lanterne magique, mais une nuit de fumée, de cris confus, de vacarme à en perdre la tête.

C'était début juillet. Je crois qu'on avait tous l'impression d'aller mieux. Maud avait passé le bac et attendait les résultats. Admise aux Beaux-Arts, elle avait décidé de rester à Toulouse, parce qu'elle ne se voyait pas se confronter à Paris alors que la menace n'avait pas disparu, et qu'elle risquait de se retrouver coincée dans une chambre minuscule avant d'avoir eu le temps de s'y faire des amis. Ici, depuis deux mois, elle s'était liée avec les meneurs lycéens des grèves pour le climat, en retrouvait certains et certaines aux marches antiracistes. Elle revoyait de temps à autre Younès, leur relation restait flottante, mais ça semblait moins douloureux. Elle battait le pavé, passait son temps dehors, à moitié militante, à moitié vacancière, elle savait mieux où elle allait, et nos rapports s'en étaient détendus.

De mon côté, j'avais laissé tomber mon projet sur la guerre d'Espagne et je creusais différentes pistes pour écrire sur le sixième siècle. La quinzaine de fragments esquissés ne me convainquait pas, je commençais à penser que c'était la forme d'Igor Mumsen, et que j'aurais seulement l'air de l'imiter ou de lui rendre hommage si je me la réappropriais. De ce fait, je voyais plutôt un roman, l'histoire d'archéologues qui travailleraient à Istanbul sur la peste de Justinien, et dont les fouilles et les recherches seraient stoppées net par l'irruption d'une autre épidémie. Cela pouvait impliquer de me rendre en Turquie, de même que j'avais séjourné à La Havane pour mon deuxième roman – et si, dans l'immédiat, la chose paraissait complexe, la perspective de voyager de nouveau me donnait du cœur à l'ouvrage.

Entre-temps le soleil s'était mis à taper sur la tête de la ville. Il martelait les toits et les pavés des places, avec assez de cruauté instinctive pour faire tomber ses rayons les plus drus sur mon crâne dégarni. Les briques tirées de l'argile de la région il y a parfois des siècles semblaient avoir été remises à cuire dans un four qui faisait désormais la taille de la métropole. Les tables de métal des bistrots brûlaient les avant-bras. On essayait d'avaler le vent, dans l'espoir de se rafraîchir, avant de se rendre compte qu'il ne transportait pas la moindre humidité et n'était là que pour nous dessécher les yeux. Les gens tolèrent plus ou moins bien les conditions extrêmes. Il y a ceux que la canicule rend apathiques, ceux qu'elle rend agressifs, et ceux qui vaquent à leurs affaires comme si de rien n'était. Tout le monde n'avait pas compris, à ce stade. Dans les conversations, on continuait à espérer le beau temps et à maudire la pluie. Mais au milieu de l'après-midi, les rues étaient presque aussi vides que pendant le grand enfermement, ce qui attestait tout de même que cette chaleur n'était pas pour nous, et que le soleil à qui nous devons la vie et ses agréments indéniables était dorénavant plutôt en train de préparer notre mort. Ça se voyait, franchement : il nous scrutait d'un œil mauvais, prunelle de feu auréolée de blanc, regard fixe et cyclopéen, sans jamais cligner des paupières.

Chez nous, comme à la librairie, le ventilateur faisait ce qu'il pouvait, c'est-à-dire pas grand-chose. Dans d'autres circonstances, j'aurais lâché l'affaire, je serais allé nager dans l'immense piscine estivale de l'île du Ramier, ou j'aurais pris ma caisse pour me poser au bord d'un lac. Mais cette année je n'avais quasiment pas écrit. Alors, les pires journées, de 10 à 13, puis de 14 à 18, donc aux heures les plus dures, je descendais travailler à la cave, en me servant par intervalles, à titre gracieux, un verre d'eau fraîche au jerrycan.

Dès que la chaleur retombait, que le ciel se faisait moins métallique, les gens prenaient d'assaut les terrasses et les quais de la Garonne.

Un soir j'ai refait la balade qui m'avait valu cette amende. Place Saint-Pierre, ou prairie des Filtres, dans ces endroits que j'avais arpentés seul, les gens se retrouvaient, se promenaient côte à côte, s'asseyaient en cercles sur les pelouses, et ils parlaient, de toute évidence, ils reprenaient le grand dialogue interrompu, ils parlaient de mille choses. M'est revenu cet autre vers fameux de Hölderlin, celui qui figure dans un hymne de paix et de célébration solennelle qu'on a retrouvé seulement un siècle après sa mort : *Seit ein Gespräch wir sind und hören voneinander*. Pas commode à traduire. C'est à un moment où il dit que les humains ont beaucoup appris, depuis le matin de l'existence, *parce qu'ils sont une conversation et qu'ils s'écoutent les uns les autres*. Du jour où je l'ai découvert, ce vers m'a accompagné et procuré de la joie. Pas juste bavarder, discuter à bâtons rompus, mais *être une conversation* : c'était bien ça qui nous avait manqué.

En revenant par la promenade Henri-Martin, en contrebas du quai de Tounis, je me suis mis à ouvrir l'œil, parce que je savais que Maud était dans le coin. Adossés au mur de briques, à cheval sur le parapet, ou bien agglutinés sur les pelouses synthétiques, les jeunes étaient partout. Chaque bande avait son apéro, canettes de bière ou bouteilles de rosé, chips et olives, houmous et guacamole, des melons, de la charcuterie. Au centre de beaucoup de cercles, une baffle diffusait de la musique. Ils reprenaient en chœur des airs que je ne connaissais pas. Je demandais le nom des groupes, pourtant, quand Maud balançait ses playlists. Certains jouaient au tarot. D'autres revenaient de manif et avaient posé leurs pancartes. Il y avait des filles belles à tomber par terre, la clavicule admirablement dessinée, les épaules rondes, la tête quasi rasée mettant en valeur leurs pommettes, ou des cheveux jusqu'aux hanches. Et les mecs étaient à l'avenant. Tous avaient des visages de fête, des corps de fête invulnérables. Leur rire c'était l'incandescence. J'avais envie de m'asseoir à côté d'eux, de surprendre les conversations à défaut d'y participer, de faire leur connaissance à tous. C'était la jeunesse d'aujourd'hui, et qui ne pensait plus, pour ce soir en tout cas, à rendre le gouvernement responsable du thermomètre. La bille de mercure montait et dénudait les chairs, montait et donnait soif, ou envie de faire n'importe quoi.

Là-bas, sur le Pont-Neuf, j'ai vu des jeunes qui escaladaient le parapet de pierre, scrutaient le fleuve un instant puis sautaient droits comme des torpilles, ou ramassés en bombes. Ils s'enfonçaient dans l'eau en gerbes éblouissantes, puis refaisaient surface et brassaient vaillamment jusqu'au port de la Daurade. Je me suis approché avec des yeux de schizo. Quand j'étais jeune, je n'avais pas le vertige, mais c'est autre chose depuis que je suis le papa de Diego et de Maud. Je le ressens par procuration, il part du sol, il électrise mes jambes et me hérisse les cheveux. Encore maintenant avec Diego : s'il s'approche d'une fenêtre ouverte, tout de suite je le vois tomber. J'ai eu envie de crier à ces jeunes que ça c'était un coup à y rester : le fleuve est imprévisible, plein de courants traîtres et de remous. Mais j'étais aussi l'ancien jeune, le plus tout jeune mais le pas si vieux que ça, et je me reconnaissais dans leur besoin de faire des conneries, qui n'était pas une vague pulsion dégoupillée par l'été et l'alcool, mais ce besoin aussi vital que métaphysique que j'avais à vingt ans.

Je me suis revu avec Camille fouiller dans le tas de flyers qu'on récupérait aux soirées, appeler le numéro qui était indiqué, écouter le message qui fixait rendez-vous quelque part à minuit, dans une zone commerciale, sur un parking quelconque, pour suivre le convoi des voitures jusqu'au coin de campagne ou au vieil entrepôt où l'une des tribus de la région organisait sa rave. Souvent, on partait défoncés, on rentrait défoncés. Une fois, on est restés scotchés une heure dans une station-service, infoutus de faire le plein parce que personne dans la bagnole n'avait d'argent liquide et qu'on avait tous oublié nos codes de carte bleue. À l'aube, j'avais fini par voir les quatre chiffres du mien se dessiner en lettres de feu sur un versant de montagne. J'ai adoré danser dehors, avec les éléments, la chaîne des sommets enneigés, le vent qui séchait la sueur, l'averse nocturne qui nous ressuscitait.

Alors, quand je suis rentré chez moi sans avoir croisé Maud, je n'arrivais plus à savoir si j'étais joyeux ou inquiet. Camille dînait dehors avec Paola Ciletta et Sami Habani. Aux alentours de minuit, j'ai mis un texto à Maud, « Tu sais vers quelle heure tu seras là ? », en me disant, tant pis si elle me trouve lourdingue. Je suis resté habillé. Sur le canapé dont les fibres n'avaient pas encore relâché toute l'horrible chaleur du jour, j'ai repris mon exemplaire de *Lamentations pour le sud du Fleuve*, un petit livre de poche jaune paru aux éditions de La Différence. Yu Xin n'évoquait la guerre qui déchirait le pays qu'à travers un tissu serré de références à l'histoire ancienne de la Chine, en masquant le nom de chaque figure de son présent par le renvoi à une figure illustre du passé, comme si ses contemporains étaient des nains juchés sur les épaules spectrales d'empereurs, de concubines, de généraux et d'ermites qui peuplaient les mémoires. On comprenait, à le lire, que le sixième siècle c'était déjà très tard dans l'histoire de l'humanité. J'étais incapable, sans aller voir les notes, de saisir la moindre de ces allusions, je constatais que Procope à côté se lisait comme un roman paru la veille, mais j'étais ému néanmoins par la détresse du vieux diplomate en exil. « Nos troupes sont faibles et le Barbare puissant », écrit-il depuis la cour de Chang'an où il est assigné à demeure, alors qu'à la chute des Liang trois de ses enfants ont été exécutés. Ma tête s'emplissait de tambours de pierre vibrant dans les passes de montagnes, de corbeaux écarlates volant trois matins de suite pour escorter le soleil. Je traquais les références possibles au désastre climatique, je lisais, « Cet été, le givre de l'injustice tomba », et plus loin, « La neige était sombre comme les sables », et je ne savais plus si je devais voir là des métaphores ou bien la description de mon hiver volcanique.

Au bout d'une demi-heure, j'ai remis un mot à Maud et j'ai regardé internet. Un frisson m'a saisi. Il se passait quelque chose sur les quais de la Garonne. Apparemment, une teuf dans les règles s'était improvisée de la Daurade à la promenade Henri-Martin. Les baffles portatives que j'avais entendues pousser la chansonnette s'étaient tues, des DJ étaient arrivés avec du matériel de pro, des tables de mixage et des enceintes dignes de ce nom. J'ai vu quelques secondes d'une vidéo où toute la foule sautait en l'air sur la version de « Cheap Thrills » que Sia chante avec Sean Paul, lequel est pour moi, en tout cas sur ses meilleurs titres, ce qu'il y a de plus proche de Dieu. Une autre où ça chantait sur « Dance Monkey » de Tones and I, que j'avais mise en boucle, récemment, les quelques fois où je m'étais motivé pour courir. Mais ça n'était pas ça, l'info. Ça c'était bon pour me tirer de mon canapé et me donner envie à mon tour de débarquer sur le dancefloor. Le problème était ailleurs. Rien n'avait été déclaré, tout était illégal, la musique et l'alcool, la fête, la foule surtout, et la police intervenait pour reprendre la zone. Des cars de CRS s'étaient garés sur la place au-dessus de la Daurade, d'autres au bout du quai de Tounis, à huit cents mètres de là, et plus personne ne pouvait ni entrer ni sortir, et tout le monde les huait.

J'ai appelé Maud trois fois avant qu'elle ne décroche. Elle était bien là-bas. « À quel niveau ? j'ai demandé. À quel niveau, ma puce ? Ça va ? » Je n'ai rien entendu de ses réponses. Ça dansait encore, autour d'elle, mais ça criait, aussi. « Tu ne bouges pas, j'ai dit. Tu ne t'approches pas des flics, d'accord ? Tu ne t'approches pas du fleuve. » Ça avait déjà coupé. Le réseau donne et le réseau reprend. J'ai dévalé les escaliers en textotant Camille, détaché mon cadenas, enfourché mon vélo. J'ai roulé ventre à terre dans cette nuit poisseuse, slalomé entre les piétons et, en fin de compte, crevé comme un idiot sur un tesson de bouteille qui a dû se ficher dans mon pneu aux alentours de la place du Capitole. Le temps de trouver un arceau libre pour le vélo, et j'ai fini à pied. La police bloquait la rue devant chez nos collègues de la librairie Terra Nova, j'ai dû faire un détour, contourner le couvent des Jacobins pour repiquer vers la Daurade. Là non plus ça ne passait pas. Les flics tenaient la place dans le style légion romaine, bouclier contre bouclier. En contrebas, au bord de l'eau, une partie de la foule continuait à danser comme si de rien n'était, affirmant son bon droit, mais sur la pelouse et sur la rampe, les jeunes leur faisaient face et ils les insultaient.

Je me suis approché du cordon avec d'autres, j'ai demandé à passer. Étonnamment ils m'ont dit non. « Ma fille est sur le quai, j'ai expliqué, elle est mineure, je viens la chercher, c'est tout. » Sous le casque, derrière l'arrondi de leur visière, ils faisaient semblant d'être absents pour mieux faire leur boulot. Cette fois il était clair que je n'existais pas. Sur ce coup-là, mon Friedrich Hölderlin s'était montré idéaliste : nous ne sommes pas une conversation, et nous n'écoutons rien de ce que nous disent les autres. Non loin d'un des camions, j'ai repéré un gradé à qui j'ai réexpliqué le cas, et qui m'a répondu sèchement, sans me jeter un œil : « On intervient parce que ça risque de dégénérer, monsieur. On sécurise les lieux et on évacue en bon ordre. » Je n'ai pas pu m'empêcher de le regarder avec pitié : « C'est pas la fête qui est dangereuse. C'est ce que vous faites, bordel.

C'est parce que vous êtes là que ça va dégénérer. » Et pile à ce moment, j'ai vu jaillir plusieurs canettes de bière qui nous ont roulé dans les pieds. Le type m'a repoussé violemment et j'ai failli tomber à terre. Du côté de la rampe, les flics ont avancé pour extirper de la foule ceux qui venaient de lancer ces projectiles : ils se sont fait traîner au sol, ils se sont débattus, d'autres ont cherché à les retenir, le volume est monté d'un coup, celui des hurlements, pas de la musique, et j'ai senti sans sommation l'odeur des gaz lacrymogènes, qui avaient, si ça se trouve, été lancés avant même les canettes.

Je me suis mis à courir le long du quai, en me penchant tous les dix mètres au-dessus du parapet pour voir si j'apercevais Maud. Ce n'était pas encore la panique, mais la foule tanguait sévèrement : les jeunes reculaient sur la promenade pour fuir les lacrymos. Ceux qui le pouvaient se couvraient le visage avec leurs t-shirts ou leurs chèches. Quelques-uns voulaient en découdre et collectaient à terre des cadavres de bouteilles à lancer. C'est étroit à cet endroit-là, franchement. C'est entre le mur-digue et le fleuve, c'est beaucoup trop étroit. Si ça se mettait à cavaler, ou s'il y avait une charge, des gens allaient se faire piétiner. Et dans tout ça, je ne voyais Maud nulle part. Je savais que c'était bloqué là où je m'étais pris l'amende, au bout du quai de Tounis. Alors j'ai regardé si je pouvais sauter du quai sur la promenade. C'est vraiment haut, à cet endroit. Vraiment beaucoup trop haut. Je n'aurais rien gagné en finissant paraplégique. Il fallait que je descende, pourtant.

Je ne pouvais pas m'aider des arbres, ils ne sont plantés que sur le quai et leurs branches partent toutes en hauteur. J'ai avisé le poteau d'un réverbère éclairant la promenade. Ça c'était peut-être jouable. Je n'ai pas réfléchi, j'ai pris mon élan, j'ai sauté. J'ai réussi à me raccrocher au poteau puis à glisser au sol. Personne ne dansait plus, plus personne ne riait, personne n'était invulnérable. J'ai appelé Maud à m'en péter les cordes vocales. Comme elle ne répondait pas, j'ai dû repartir dans l'autre sens, vers le Pont-Neuf et la Daurade, là où la fumée noyait tout, là où ça castagnait.

Je ne suis pas spécialiste du maintien de l'ordre, j'avoue, je laisse volontiers ça à d'autres, et il y avait peut-être des trucs qui m'échappaient, mais les mecs qui intervenaient me paraissaient être de vrais branques, suivant une sorte de manuel pour être sûrs que toutes les personnes présentes détestent la police pour le restant de leurs jours. Ils avaient formé une colonne qui essayait de fendre la foule pour atteindre l'endroit de la pelouse où se tenaient les DJ. Les gens ne s'écartaient que contraints et forcés, devant la menace des matraques. Et tandis que la légion romaine progressait pied à pied, sans doute pour se foutre de leur gueule, ou parce que la musique est connue pour adoucir les mœurs, les DJ ont lancé l'Ave Maria de Schubert dans la version chantée par Beyoncé, laquelle est ce qui se fait de nos jours de plus proche de la Vierge Marie. Bientôt la police a encerclé la musique, assiégé la musique, fait de la musique notre dernier bastion. Les yeux étaient rougis, beaucoup de gens crachaient leurs poumons, les visages étaient pleins de sidération et de colère. Les flics ont coupé les enceintes, et dans le brusque reflux des décibels, je me suis mis à comprendre ce que les cris disaient, des trucs du genre, « Me touchez pas ! » ou « Vous n'avez pas le droit ! ». Ceux qui voyaient quelque chose dans ce bordel épouvantable ont levé leurs portables pour filmer. Au lieu de saisir le matériel, certains des flics étaient en train de le défoncer à coups de masse, de couper les câbles avec des pinces, de déchirer les membranes des haut-parleurs, de faire voler en éclats les tables de mixage. Face à cette volonté de détruire, de rétablir à tout prix le silence, comme si ces derniers temps on n'en avait pas assez eu, la foule ne savait plus quoi dire, il n'y avait plus que des bouches béantes, des bouches muettes et des bouches qui poussaient un grand cri inarticulé.

Puis on a entendu une explosion. Je me suis jeté à terre et couvert le visage. J'en ai vu d'autres qui détalaient dans une mêlée confuse. Derrière les jambes qui se succédaient et me masquaient la vue, j'ai aperçu deux-trois silhouettes qui basculaient dans le fleuve sous la pression de la foule. C'était venu du coin où se trouvaient garés les camions-restaurants. Plus tard on a appris que c'est une bonbonne de gaz qui avait explosé, sans intention ni de la part de la police ni de celle des fêtards, une simple bonbonne de gaz que l'atmosphère ambiante a fait partir en vrille. Sur le coup personne ne captait plus rien, il y avait ces corps allongés et ces corps qui fuyaient, un silence de plomb brusquement, le champ de bataille d'une guerre civile. Je me suis relevé dès que j'ai pu et j'ai couru vers la promenade pour me mettre à l'abri. Les hors-bord de la sécurité fluviale étaient enfin visibles, ils cabotaient à cinq mètres des berges, appelaient au calme avec des mégaphones et lançaient leurs bouées sur la surface sombre du fleuve, en espérant qu'il y ait des mains pour les saisir. Et là, sous l'immense arche de briques par laquelle débouchaient les eaux de la Garonnette à l'époque où Tounis était encore une île enserrée par les bras du fleuve, j'ai vu courir une toute jeune femme qui pouvait bien être ma fille.

J'ai crié pour l'appeler, comme je l'avais fait cent fois. Elle s'est retournée, c'était bien Maud, elle a arrêté de fuir, et sans avoir la force d'aller à ma rencontre, elle s'est effondrée contre le muret de briques. J'ai couru la serrer dans mes bras. Elle tremblait comme une feuille, dans sa robe verte sans manches. Je lui ai relevé le visage. La sueur collait ses cheveux sur ses tempes, son maquillage avait coulé. Elle n'a pas dit un mot quand je lui ai demandé si elle était blessée. Ses yeux erraient autour de nous, vers le cordon de police qui obstruait aussi l'avenue de la Garonnette, vers la promenade où elle devait avoir perdu certains amis, et puis vers le fleuve où se croisaient les faisceaux de lampes-torches. « Mais il se passe quoi, là, papa ? On a fait quoi ? Il se passe quoi ? » J'aurais aimé trouver un truc à lui répondre. Moi je n'étais qu'un doux dingue dans un monde de vrais dingues, je n'en savais pas plus qu'elle. Apparemment, elle avait ses dix doigts, ses deux yeux, ses deux jambes, c'était déjà pas mal, mais je n'arrivais toujours pas à capter son regard, et je la sentais trembler si fort — je n'étais vraiment pas sûr qu'elle soit indemne.

15

Diego ne se souviendra de rien. Les expériences qu'on vit à trois ans restent dans le corps, elles façonnent l'inconscient, mais elles s'effacent de nos mémoires. Moi je n'ai retenu les images, les scènes, les sensations, qu'à partir de quatre ou cinq ans. Diego n'a pas été témoin de ce qui s'est passé cette nuit-là sur les quais de la Garonne. Il a bien sûr senti, dans les semaines qui ont suivi, qu'il se produisait encore des choses étranges, que sa sœur n'était plus elle-même, que sa mère et moi on ne maîtrisait plus du tout le cours des événements, mais on l'a tenu à l'écart dans les heures les plus dures, il n'a pas vu ce qui était si pénible à voir, et je tente de me rassurer en me répétant que nous avons réussi à le préserver, lui, au moins. Il va grandir, le petit bonhomme, l'amnésie infantile va venir le protéger. Plus tard, il faudra bien qu'on lui résume les tourments de cette période. En attendant je l'envie. Moi aussi j'aimerais oublier le souvenir de cet été-là.

Lorsqu'on a été reçus à l'hôpital, par une psychiatre vive, aux beaux cheveux gris et au nez aquilin, cela faisait cinq jours que Maud n'avait pas dit un mot. On a raconté à deux voix, Camille et moi, en cherchant notre fille du regard pour voir si ce qu'on avançait recueillait son assentiment, correspondait de manière approximative à ce qu'elle éprouvait. Maud regardait au mieux par la fenêtre et plus souvent nulle part. Elle dort très mal, a dit Camille, et le matin son matelas est inondé de sueur. Chaque fois qu'elle est sortie seule, ai-je raconté, elle est restée figée comme une statue de sel dans la ville. Elle nous textote pour qu'on vienne la chercher, une fois c'est une amie qui l'a raccompagnée à la maison, une autre fois un passant qui nous a prévenus. C'est difficile dès qu'il y a du monde autour d'elle ; les rues piétonnes autour du Capitole, par exemple, elle ne peut plus du tout ; dès qu'on va vers le fleuve, son corps se raidit à tel point qu'on ne peut plus avancer. L'autre soir les voisins ont passé une musique qui abusait des basses, elle est restée prostrée sur le tapis du salon. Voilà le tableau, ai-je dit. Et on sait d'où ça vient. C'est pas compliqué à comprendre. Ce qui est plus compliqué c'est de savoir ce qu'il faut faire.

La psychiatre a demandé si Maud avait déjà connu des crises d'angoisse. Est-ce qu'il y avait des antécédents familiaux, d'autres cas chez des proches ? Camille m'a regardé d'un air bizarre, comme si elle estimait que c'était à moi de répondre. J'ai parlé d'AZF, en précisant que c'était de l'histoire ancienne et que ça n'avait rien à voir. Maud s'était surtout fait nasser par la police en pleine nuit, au bord de l'eau, dans un moment de grand n'importe quoi. Elle avait respiré son content de gaz lacrymogènes. Elle avait pu craindre pour sa vie. Avant, elle allait très correctement, étant donné les circonstances. La femme s'est orientée vers Maud : « Vous êtes d'accord ? Avant, ça allait bien ? » Elle n'a rien répondu. Son visage ne disait rien non plus, et c'est ça qui m'inquiétait le plus : qu'elle ait perdu aussi le langage non verbal – les gestes, les expressions, et jusqu'aux signes infimes que nous émettons malgré nous. J'ai expliqué que nous étions une famille de gens raisonnablement anxieux. Deux ou trois trucs nous chiffonnaient dans le monde tel qu'il allait, la perspective, par exemple, qu'il ne soit bientôt plus habitable ne nous réjouissait pas beaucoup, Maud pensait que ceux qui nous dirigent auraient peut-être pu se préoccuper de ce léger problème-là plus tôt, avec plus de sérieux, mais cela ne nous empêchait ni de dormir, ni de manger trois fois par jour, ni de profiter de beaucoup de moments de nos vies. « Honnêtement, ai-je conclu, dans une période pareille, ça me paraît déjà pas mal. » La psychiatre a semblé me rejoindre sur ce constat. Camille a ajouté que Maud nous faisait confiance et nous parlait beaucoup : « Se taire, ce n'est pas sa réaction normale quand elle a des soucis. »

Elle est restée deux jours en observation à l'hôpital. Ensuite ils nous ont fait revenir. Son état ne s'était pas amélioré, elle présentait de forts symptômes de stress posttraumatique, mais la psychiatre nous a dit qu'ils ne pensaient pas la garder. « Elle viendra en consultation, une à deux fois par mois. Il lui faut surtout du temps. » Il y a eu un silence. Ensuite, sans que je l'aie anticipé, Camille a durci le ton. Tant que Maud n'arrivait ni à parler, ni à sortir en ville, le quotidien n'allait être pour elle qu'une succession d'épreuves. « Pourquoi est-ce que vous n'attendez pas qu'elle aille un petit peu mieux ? On a vraiment besoin d'aide, là. »

La psychiatre est restée calme. Maud ne dormait pas si mal, et elle mangeait un minimum. On lui avait prescrit des antidépresseurs, on allait amorcer une thérapie comportementale, c'était suffisant pour le moment. Camille a insisté en se tournant vers Maud : « De quoi tu as envie ? De rentrer à la maison, ou de rester un peu ? » La psychiatre n'a pas attendu la réponse : la décision en l'occurrence ne nous appartenait pas ; le service était sous l'eau, ils n'avaient pas d'autre choix que de prioriser. « En ce moment, on n'admet plus que les gens qui constituent, si on les laisse dehors, un danger pour les autres ou pour eux-mêmes. Je peux vous dire que ça fait déjà un paquet de gens. » Et voyant que Camille, tenace comme elle sait l'être, ne lâchait pas le morceau, la psychiatre a ouvert son armoire à double battant et s'est mise à pointer d'invraisemblables piles de dossiers. « Ça ce sont les gens en attente d'une première consultation. Ça ce sont tous les cas suivis à l'hôpital de jour. Ça ce sont les patients qui attendent qu'une chambre se libère. Je suis désolée. On a trop de demandes, on n'en a jamais eu autant, et les moyens ne suivent pas. »

Je les ai regardées toutes deux, Camille tremblante de colère qui répétait « Mais je m'en fous de votre armoire ! Faites votre boulot ! Elle ne parle plus ! Elle ne dit plus un mot ! » et en face la psychiatre qui avait le mérite de la sincérité, mais qui sortait de son rôle et qui déconnait à pleins tubes en nous parlant comme ça. Une minute plus tard, sans que j'aie eu le temps de faire quoi que ce soit, Camille a pris Maud par la main, lui a dit « Viens, on n'a rien à faire là, ton cas n'est pas intéressant », et on s'est retrouvés sous l'averse qu'on espérait depuis des jours, avec Maud qui pleurait, et de mon côté le sentiment qu'on venait connement de brûler nos vaisseaux.

Diego ne s'en souviendra pas, j'espère, mais c'est là que les tensions entre Camille et moi ont commencé, ou se sont réveillées et ont brusquement empiré. Comme on avait hâte de quitter la ville, on a anticipé de quelques jours notre départ en vacances. On a filé en Aveyron, dans le village où la mère de Camille a conservé avec sa sœur une maison en indivision. On n'était que tous les quatre, et on a essayé d'occuper nos journées comme on le fait d'habitude là-bas, en paressant dans le jardin, en jouant à la pétanque avec les amis du village, ou en partant pour la journée faire du kayak et se rafraîchir à l'eau vive des gorges du Tarn. Peu importait l'activité choisie : la seule question était de savoir si ça apaiserait Maud – et comme ce n'était jamais le cas, dès qu'on se retrouvait dans la chambre, le soir, avec Camille, on se jetait tête la première dans des engueulades lancinantes, indignes, désespérées, qui ne formaient au fond qu'une seule et même engueulade.

Si on n'avait pas eu de place à l'hôpital, me serinait-elle sur tous les tons, c'est parce que je m'étais ingénié à minimiser l'état de Maud. Moi qui prenais tout au sérieux, qui exagérais tout, qui manquais foncièrement de légèreté dans la vie, j'avais choisi on ne sait pourquoi de prendre à la légère l'état de notre fille. Je lui répliquais que non, qu'elle avait tort, qu'elle n'avait rien compris. Si la psychiatre n'avait pas admis Maud, c'est qu'elle avait jugé, abstraction faite de ce qu'on avait pu lui dire, qu'elle avait plus de chances de se rétablir en vacances avec nous qu'enfermée à ne rien faire dans une chambre d'hôpital. Alors ça ne marchait pas tout de suite, d'accord, mais il fallait être patients. Moi je pensais que Maud était tout de même solide, qu'on l'avait entourée d'amour, qu'on lui avait donné le goût du bonheur, et qu'elle allait remonter la pente. Si elle s'était sentie à ce point vulnérable, elle n'aurait pas été se frotter à l'activisme écologique et aux constats tous terrifiants sur notre situation réelle que ça impliquait d'encaisser. Les jeunes vraiment fragiles préféraient se foutre de tout et vivre dans le déni.

« Tu vois, réattaquait Camille, tu minimises encore. » Elle n'aimait pas que j'argumente. Elle me reprochait très classiquement de vouloir toujours avoir raison. Mais si je n'argumentais pas, que je donnais l'impression de valider les constats injustes qu'elle balançait par salves, et auxquels je ne savais jamais si elle croyait elle-même, alors j'étais un mauvais père, qui se moquait de protéger sa fille, un type si manifestement minable qu'on pouvait se demander pourquoi une femme comme elle restait bon gré mal gré avec lui depuis vingt ans.

Au bout de deux semaines, alors qu'à force de se déchirer on dormait aussi peu que Maud, Camille a trouvé une place dans une clinique privée de Rodez et m'a demandé de signer les papiers comme s'il en allait de la vie ou de la mort de notre amour. Je me suis dit qu'on ne perdait rien à essayer. Même si, à l'inverse d'Igor Mumsen, je ne suis pas un grand lecteur d'Antonin Artaud, un séjour en psychiatrie, à Rodez, ça me faisait tiquer. J'ai été rassuré de voir, en revisitant la ville, que l'asile de Paraire, où il a été interné trois ans à la fin de la guerre, avait été détruit, qu'il n'en restait plus qu'une chapelle, où le fou célèbre et maltraité était commémoré avec un attendrissement trop tardif, à travers une exposition de manuscrits autographes et de portraits de son inoubliable gueule.

La clinique où Maud est entrée n'avait rien à voir, c'était un bâtiment récent, à l'écart du centre-ville. Les chambres donnaient sur le paysage des collines alentour, et le personnel avait l'air moins stressé que début juillet à Toulouse. Maud n'a pas dit non. Lorsque le psychiatre lui a donné un cahier à dessins, il flottait même je crois un léger sourire sur ses lèvres. N'empêche, c'était très dur de desserrer l'étreinte, de refermer la porte, de la laisser là toute seule.

L'été a continué de vivre sa vie d'été. La clinique était tout de même à trois quarts d'heure de la maison du Cayrol, on y allait chacun un jour sur deux, l'autre restant avec Diego. Le psy faisait faire à Maud un exercice étrange où elle devait suivre son doigt des yeux, pendant qu'il lui parlait de la nuit sur les bords de la Garonne. « On ne sait pas encore pourquoi, a-t-il avoué, mais ce truc marche bien. »

Camille a acheté de magnifiques livres de permaculture et a entrepris de réorganiser de fond en comble le jardin potager. Je crois que j'aurais aimé passer du temps à faire ça avec elle, mais elle m'a fait sentir que c'était sa bulle, son domaine, et qu'il fallait les lui laisser. Nos rapports restaient aussi secs que la météo d'août. Si on ne parlait pas de Maud et de nos désaccords, on avait l'impression de jouer la comédie. Et quand on y revenait, quasiment malgré nous, parce que c'était plus fort que nous, on avait vite conscience qu'on remettait une pièce dans une machine conçue pour nous graver d'horribles pensées à même la peau en scarifiant nos chairs de manière indélébile.

Les jours ont raccourci. La librairie rouvrait, il a fallu que je retourne à Toulouse. Je n'avais lu que cinq livres de la rentrée au lieu de trente d'habitude. Je n'avais pas écrit une ligne. À certains égards, j'étais soulagé de me retrouver seul. Toute la période nous avait fait du mal. On était faits pour vivre ensemble, j'en étais presque sûr, mais pas pour être sans cesse sur le dos l'un de l'autre. J'ai retrouvé les livres et mes amis. Mais je suis quand même tombé de haut lorsque Camille m'a annoncé au téléphone, une semaine plus tard, qu'elle ne comptait pas reprendre le travail au magasin. Elle s'était renseignée pour que Diego soit scolarisé à l'école du village. « Je préfère attendre que ça se calme. Je ne reviens pas tant qu'on ne sait pas à quelle sauce on va être mangés. »

Je comprenais ce qu'elle voulait dire. Si l'automne se mettait à ressembler au printemps... Néanmoins je ne savais pas trop si elle saisissait le prétexte de restrictions à venir pour créer une séparation de fait, ou si elle craignait réellement de se jeter de nouveau dans le piège qu'était devenue la ville. Tout en faisant les cent pas dans notre appartement, je l'ai écoutée m'expliquer sans le formuler avec ces mots que pendant un temps indéfini, je n'allais plus les voir tous les trois que le week-end. Comme je sentais que sa décision n'était pas révocable, qu'il fallait d'abord qu'elle l'applique, avant le cas échéant de la reconsidérer, je lui ai répété que j'étais triste, qu'ils allaient me manquer, qu'il ne fallait pas que ça dure. Et puis j'ai ajouté : « Mais de quoi on va vivre, aussi ? On tient pas sur un seul salaire... » La clinique de Maud, qui plus est, n'était qu'à moitié remboursée. « Tu vois comme tu es ? m'a répondu Camille. Écoute, on se débrouillera. On verra ça plus tard. Franchement, pour le moment, ça n'est pas la question. » J'étais sans doute un mec horrible, d'un pragmatisme à vous tuer l'amour des amants les plus effrénés, mais je sentais le danger rôder à nos fenêtres, cherchant la brèche avec la même opiniâtreté que le vent, et j'avais tendance à penser que ça n'était pas un détail.

16

Vous le connaissez un peu, maintenant, Elias Torres. Je suis une voix qui a votre voix dans votre tête. Un visage incertain qui se reflète dans le miroir. Et comme je suis français, athée mais de culture catholique, plutôt du genre artiste, plutôt intellectuel, vous vous doutez peut-être que je n'aime pas parler d'argent – pas plus que je n'aime y penser, d'ailleurs. Lorsqu'on en a assez, je ne vois pas pourquoi il faudrait s'en soucier. Si j'avais eu pour but de bien gagner ma vie, devenir écrivain et libraire n'était peut-être pas le plan du siècle. J'en vois quelques-uns qui sourient. Pourtant ce n'est pas drôle. Parce que tant qu'on n'aura pas pendu le dernier capitaliste avec la cravate du dernier bureaucrate, ça reste tout de même un vrai problème, l'argent.

C'est en tout cas comme ça que je l'ai ressenti deux mois plus tard, lorsqu'ils ont annoncé que rebelote, il fallait tout boucler, et que Tanguy Jolas, après nous avoir invités à aller boire un verre, et avoir commandé une nouvelle tournée, nous a laissés entendre que la librairie ne surmonterait pas cette deuxième épreuve, et qu'il fallait songer à fermer boutique pour de bon, à mettre Nisi in angulo en cessation d'activité. Dounia Bennani, qui regardait les chiffres, n'a pas eu l'air tellement surprise. Gaëlle Perez et moi on a failli tomber de nos chaises. Je lui ai dit, bordel, Tanguy, tu aurais pu nous avertir. Il m'a soutenu qu'il m'avait évoqué cette éventualité : « Tu sais, tu n'écoutes pas toujours, Elias. » Je lui ai répondu que je savais que ça n'allait pas fort, mais que j'ignorais que c'était à ce point. « Ou alors tu ne retiens que ce que tu veux retenir », a-t-il repris en soupirant.

J'ai repassé en vitesse rapide le film de ces derniers mois, les signaux faibles ou pas si faibles qu'accaparé par d'autres problèmes, j'avais choisi de négliger. Il y avait eu pourtant un vrai mouvement de soutien aux librairies, dans la population, certains collègues s'en sortaient bien – comment est-ce qu'on s'y était pris pour se planter à ce point ? On avait perdu le contact avec notre clientèle. On partait de trop bas pour toucher assez de monde par le biais des réseaux. Tanguy Jolas n'avait même pas voulu s'équiper d'un smartphone, convaincu que ça diminuerait sa capacité d'attention. Me sont revenues des scènes qui prenaient après coup des accents sardoniques. Deux lectrices inlassables, dans une travée de la librairie, qui se confiaient que ces temps-ci elles n'accrochaient à rien, que le soir les séries c'était tout de même plus facile pour rester éveillées. Une bande d'étudiants qui m'avaient raconté que la période leur avait appris à pirater les livres, et qu'ils ne pensaient pas arrêter, parce qu'ils n'avaient pas de place chez eux, très peu de thunes, et aucune envie d'en donner aux plateformes qui les vendaient en ligne. Ou encore Sami Habani et Marcus Gambrich qui, lorsque je leur avais rapporté cette conversation, avaient surenchéri : ils pirataient aussi, bien sûr, qu'est-ce que je croyais ? « Mais pas tes livres, avaient-ils ajouté. On pirate ce qui se vend bien, ce qui se vend pas on l'achète. » Je ne sais pas si c'était censé me rassurer.

Dans les jours qui ont suivi, on s'est beaucoup retrouvés, les quatre de Nisi in angulo, et on a eu de longs débats, tantôt houleux, tantôt complices. Tanguy voulait prendre sa retraite. Il avait soixante-huit ans, ça n'avait rien de scandaleux. Il nous a dit que le suicide de Bernard Stiegler, début août, lui avait mis un coup. Comme s'ils avaient fait leur chemin ensemble, et que la fin du chemin pour l'un exigeait à minima de l'autre un changement de direction. On comprenait sa lassitude, son désarroi, mais est-ce que ça impliquait de poser un point final à une aventure qui durait depuis quarante-deux ans ? Moi je ne me voyais pas reprendre, je n'étais pas assez gestionnaire, j'avais plutôt besoin de plus de temps pour écrire. Gaëlle et Dounia n'étaient pas sûres de vouloir se lancer, faute de capital, mais aussi parce qu'elles avaient conscience de l'énorme charge de travail. Tanguy a eu beau nous promettre qu'il essayerait de trouver un repreneur, nous savions tous que les chances que ça débouche étaient faibles : le loyer était cher, la concurrence très rude, et surtout la période ne ménageait aucune visibilité et incitait à la prudence. Il était profondément triste, cela va de soi, qu'avec la fin de sa carrière s'arrête aussi ce qui était en somme son œuvre. « Mais le travail que tu as fait, ai-je voulu le consoler, personne ne pourra te l'enlever. » Peu après j'ai compris, en lui parlant en tête à tête, qu'à force de voir dans les médias des degrés de risque corrélés à des tranches d'âge, Tanguy venait de se découvrir mortel. Et c'est empreint de cette certitude banale mais soudain viscérale qu'il s'était mis à rêver que lui soit encore donné, après la vie de révolutionnaire et la vie de libraire engagé, le temps de ce qui serait pour lui une sorte de troisième vie. Le réflexe était humain, franchement, et je n'avais pas le cœur à lui en vouloir.

Toujours est-il que début novembre, j'ai pointé au chômage. En simulant le montant de mes indemnités, j'ai calculé qu'avec la démission de Camille, il me resterait, une fois payés le loyer et les factures, la mirifique somme de deux cent cinquante euros par mois pour faire vivre quatre personnes. J'allais finir par me repentir d'avoir choisi ce que les romans, le cinéma et les chansons m'avaient vendu comme la vie de bohème, et qui m'aurait peut-être moins attiré sous le nom plus honnête de précariat intellectuel. À dire vrai je n'en revenais pas. Je me levais dans l'appartement vide, je ne reconnaissais plus ce qui avait fait ma vie, je ne comprenais pas ce qui avait amorcé cette incroyable dégringolade.

Comme je ne voulais pas parler de ça avec Camille au téléphone, j'ai pris le train pour Rodez. Elle était manifestement peinée pour moi, pour toute la bande de Nisi in angulo, pour le souvenir irradiant de nos soirées sur la placette. Je lui ai exposé le problème matériel. À mon sens, c'était évident qu'il fallait qu'elle revienne, qu'elle reprenne son poste au magasin, et qu'on fasse tout pour que Maud intègre les Beaux-Arts au début du deuxième semestre. Elle m'a dévisagé comme si j'étais complètement à côté de la plaque. Ce n'était pas le moment de revenir sur les lieux du trauma alors que Maud commençait tout juste à aller mieux. « Tu sais qu'elle parle, maintenant, de temps à autre ? » Ma voix s'est étranglée. Je lui ai dit : « Mais comment je le saurais, si tu me racontes pas ? » C'était comme si j'avais raté le moment où Diego s'est mis debout, ou celui qu'il a choisi pour faire ses premiers pas. « Depuis quand elle parle ? Qu'est-ce qu'elle dit ? » Camille s'est avancée pour me prendre dans ses bras. « Mais rien, des phrases banales. Des phrases de tous les jours. Elias. Ne pleure pas, s'il te plaît. C'est quand même très bon signe. »

Plus tard, elle m'a confirmé qu'elle ne se voyait vraiment pas revenir à Toulouse : « Tu ne m'as jamais laissé l'espace pour qu'on en parle, parce que ça ne t'arrange pas, mais je te l'ai dit souvent, que j'en ai marre. Tu n'écoutes pas toujours… » J'ai reconnu que j'aimais la ville, la vie qu'on y avait, que je n'en étais pas lassé. Est-ce qu'elle ne pensait pas tout de même que ça lui passerait avec l'hiver, cette pulsion pour la campagne ? Alors que Maud entamait des études, est-ce que c'était logique de s'enterrer dans un village ? À la rigueur, ai-je concédé, on pourrait tenter ça d'ici quelques années, quand Maud ne vivrait plus avec nous et que Diego ne serait pas encore au collège. Mais là, même si je reconnaissais qu'avec les restrictions la ville avait perdu une partie de ses attraits, le moment paraissait mal choisi.

« Et par ailleurs je suis perdue, a-t-elle enchaîné. Je suis pas sûre de vouloir continuer à vivre avec toi. Tu prends trop de place, tu m'écrases. Ce serait pas bon qu'on affronte côte à côte un autre enfermement. Il faut qu'on traverse ça chacun de son côté, là. » Sauf que ça n'était pas chacun de son côté. C'était elle avec les enfants, et moi tout seul comme un pauvre con. Elle m'a fait remarquer que plus rien ne me retenait à Toulouse, que je pouvais me rapprocher et louer dans la région, le temps que les choses s'éclaircissent. On ne réfléchissait vraiment plus à partir de la même réalité. Je lui ai dit : « Tu crois que ça tient à moi ? À mes névroses, à mes défauts ? Tu penses pas plutôt qu'on vient de vivre une année terrible ? Tu crois pas plutôt que ceux qui sont responsables de notre situation, ce sont d'abord les flics français et leur nouvelle manie de foncer dans le tas ? » Plus tard, alors qu'on se promenait le long du ruisseau, tout en regardant Diego devant nous pourchassant son ballon, elle a voulu conclure avec des mots d'une douceur effrayante : « Ce n'est la faute de personne, ni de la tienne, ni de la mienne. On a le droit de changer. On a le droit de ne plus avoir les mêmes désirs que l'autre, quand même. »

Afin de ne pas se laisser arrêter par le problème matériel, elle a dégoté un emploi de vendeuse dans une épicerie bio du coin. Elle espérait aussi commercialiser au printemps une partie de sa production maraîchère. Il y avait une pointe de défi dans la manière dont elle m'a dit qu'on l'embauchait. Comme si elle me lançait : et toi, tu es capable de chercher un boulot normal, ou c'est bon pour les autres ? Elle rejouait sans l'avouer une de nos vieilles oppositions, elle les mains dans la terre et dans la vie pratique, moi le nez dans mes bouquins. Pourtant elle lisait plus que moi, jusque dans la trentaine. Elle a été au bout de ses études de sociologie au Mirail, ça l'a constituée, façonnée, elle ne peut pas renier tout cet aspect d'elle-même. « Ce n'est plus ça qui m'intéresse, m'a-t-elle déclaré un autre soir. Et ça explique sans doute aussi que vivre avec toi m'intéresse moins qu'avant, qu'est-ce que tu veux... »

Je suis retourné à Toulouse. Rien n'était décidé. La vie était devenue flottante. Comme j'avais besoin de quelque chose à quoi me raccrocher, j'ai conclu un contrat avec mon éditeur, pour un roman provisoirement intitulé *Les années sans soleil*. Ce n'était pas la manière de procéder que je préférais, je trouvais plus beau de pouvoir changer d'idée en cours de route et de ne signer qu'après avoir fini le travail, j'aimais ne m'engager que lorsque le livre existait, que je sentais la maison désireuse de le défendre en connaissance de cause, au vu de la réalité du texte, pas seulement du projet, mais là j'étais au pied du mur, content de compléter mon chômage et d'avoir de quoi voir venir pendant cinq ou six mois.

Je travaillais à l'appartement, toute la journée, souvent pour pas grand-chose car je n'étais pas dans un état très reluisant, mais avec détermination. Je passais de la cuisine au salon, de la chambre de Diego au bureau étroit de Maud, afin de me donner l'illusion de bouger. Après l'heure de la sortie d'école, j'appelais Camille pour que Diego me raconte sa journée en visio. Sa matinée de cours devait lui paraître déjà très loin, les choses à dire se bousculaient dans sa tête, et je ne savais jamais s'il improvisait une fiction énigmatique, ou s'il me restituait de façon confuse de tout petits événements qui avaient réellement eu lieu et qui l'avaient marqué.

Ensuite, je me hâtais de sortir marcher avant que la nuit ne tombe.

Un soir, entre chien et loup, je me suis retrouvé place Saint-Étienne, devant la façade asymétrique de l'immense cathédrale. Je me suis rendu compte que je n'avais pas déjeuné, et faute de café ou de restaurant ouvert, faute d'une vie normale dans une ville normale, je me suis dirigé vers le supermarché devant lequel un clochard faisait la manche. Le gars m'a salué sans rien dire. Il devait avoir sensiblement mon âge. Avant d'entrer, je lui ai demandé s'il voulait aussi quelque chose. Il m'a dit que oui, un saucisson, des chips et du Coca. J'ai trouvé l'idée bonne et j'ai pris la même chose. On a bavardé cinq minutes, chacun derrière son masque. Il m'a dit que les flics le laissaient assez tranquille. Il était un peu ironique sur la consigne « chacun chez soi ». Et un peu fatigué de ne se laver que dans les fontaines. Je lui ai proposé qu'on mange nos victuailles ensemble, mais il préférait ne pas s'éloigner des marches du temple de la consommation, dans l'espoir de glaner quelques piécettes encore avant que les rues ne se vident.

Je suis allé me poser sur un banc, près de la façade nord de la cathédrale. Ce n'était pas mon truc, d'ordinaire, de parler aux gens dans la rue, et à plus forte raison aux personnes à la rue. Il faut croire que je me sentais seul. Ou que je m'identifiais à lui. J'ai englouti les chips, bouffé le saucisson sans couteau, sans en ôter la peau qui se coinçait entre mes dents, en buvant de temps à autre une gorgée de Coca pour varier les plaisirs. Je cherchais du gras, du sel, du sucre – à me faire du bien dans l'instant, pour mieux pouvoir me rendre compte dès que j'aurais fini que je m'étais fait du mal.

À côté de moi, un livreur à vélo jouait aux échecs sur son portable, en attendant la prochaine commande. Je l'ai interrogé pour savoir comment ça se passait, s'il travaillait beaucoup. Il m'a dit que la demande explosait. Les gens ne pouvaient pas sortir et ne voulaient pas cuisiner. En voyant la nuit approcher, deux minutes plus tôt chaque jour, ils sentaient dans leurs corps l'immensité de leur fatigue, de leur paresse et de leur besoin de réconfort, et ils s'en libéraient de deux clics – ils commandaient. Si on choisissait son secteur et ses courses, c'était assez rentable, en ce moment en tout cas. Il m'a dit qu'il roulait vingt-cinq à trente kilomètres sur son *shift* du soir. C'est sûr que ça maintenait en forme. Il était mince comme tout, et beau comme un dieu grec, alors que la balance me reprochait à tout bout de champ d'avoir pris six kilos. « Mat en deux », a-t-il murmuré. Tant mieux, le travail l'appelait.

Je l'ai observé enfourcher sa bécane et disparaître comme en glissant dans les rues silencieuses. C'était marrant, je l'enviais. J'aurais aimé être à sa place. Les gens pressaient le pas pour retourner chez eux. La ville nocturne était pour lui. J'ai terminé mon saucisson, senti mes lèvres craquelées de sel. Les choucas du clocher tournoyaient dans les derniers rayons vieux rose que le soleil disparu nous envoyait encore, passant et repassant au-dessus de la masse de la cathédrale, lançant leurs cris pour s'alerter entre eux d'on ne sait quel désastre, et je me suis dit, pourquoi pas, après tout : si j'en avais envie, qu'est-ce qui m'en empêchait ?

17

Je me suis mis à vivre comme ça : écrivain pendant la journée, livreur à vélo le soir. Ça ne m'allait pas trop mal. Après être resté de longues heures à travailler chez moi, j'avais besoin de me dégourdir les jambes, et de repousser le spectre d'une soirée de solitude. Je voulais rentrer vanné, je misais sur la fatigue du corps pour avoir une chance d'échapper à la grande dame Insomnie.

Il paraît qu'à Paris, comme dans d'autres métropoles, la livraison était devenue un secteur aux pratiques sordides. Les gens se créaient des comptes sur les plateformes et les sous-louaient à des réfugiés sans papiers, en ne leur reversant qu'une fraction de la paye déjà bien dérisoire. Moi j'ai un compte bancaire et un passeport valide ; toi tu n'es rien et tu pédales. À Toulouse, on n'en était pas là. On se croisait tout le temps, entre livreurs. On se battait un peu pour choper les commandes les plus intéressantes, mais ça n'empêchait pas de parler et de sympathiser. Je me suis gardé de révéler aux autres mon âge ou ce que je faisais dans la vie. Même si j'étais plus vieux que la moyenne, et que ma présence parmi eux devait leur paraître vaguement bizarre, je n'étais pas le seul à faire ça pour rouler autant que pour gagner de la thune. Je vous assure : la ville était notre royaume. Juchés sur nos vélos, on patientait sur les grandes places envahies par la nuit d'automne en mousquetaires qui font boire leurs chevaux à un relais de poste sans descendre de monture.

Certaines plateformes se foutaient de savoir comment c'était livré du moment que c'était livré : pour rayonner plus vite et sur un périmètre plus vaste, j'en ai vu qui prenaient leur caisse, au risque d'anéantir leurs marges avec les frais d'essence. Celle à laquelle je m'étais inscrit, moi, faisait les choses dans les règles, qui sont déjà assez sauvages. J'étais devenu, pour soixante-dix euros, propriétaire de l'indispensable sac cubique isotherme. Je ne quittais pas la livrée qui me protégeait des amendes, d'autant que j'avais pour de bon perdu le goût des contrôles de police.

Les premiers jours, j'ai accepté toutes les commandes qui tombaient et je me suis crevé à gagner une misère. Il m'a fallu un peu de recul pour comprendre comment ne pas me faire avoir par l'algorithme. Pour être honnête, je n'ai pas compris seul, c'est Hussein qui m'a expliqué. Malgré leur absence notoire de scrupules, il trouvait que les plateformes avaient le mérite de donner du boulot à tout le monde, quelles que soient l'origine des gens ou leur couleur de peau. « Franchement, quand tu t'appelles Hussein El Maghrabi, tu es content d'être jugé pour le travail que tu fais, et pas à partir des fantasmes que les gens ont sur toi. » Dans la bataille qui nous opposait à l'algorithme, l'algorithme triompherait toujours, il ne fallait pas se leurrer, mais si on anticipait ses calculs, il était tout de même possible de ne pas se faire écrabouiller. Les gars qui attendaient au Capitole, massés au même endroit, s'arrachaient de pauvres missions à trois euros pour livrer de la junk food : même s'ils les enchaînaient et qu'ils pédalaient dur, le jeu n'en valait pas la chandelle. Le truc, c'était de repérer les endroits où il y avait de la demande, des restaurants un peu chicos et peu de livreurs disponibles. Le deuxième truc, c'était de se mettre d'accord entre livreurs pour refuser dans un premier temps les missions qui tombaient, afin que la plateforme soucieuse de ne pas perdre le client augmente les tarifs proposés. Les restaurants au sud du palais de justice, par exemple, c'était le bon plan de ce point de vue, et avec Hussein on s'est mis à beaucoup bosser par là-bas. De toute façon, il ne fallait pas que les courses soient trop longues, sinon, même en roulant comme des malades, le repas arrivait froid et on était mal évalués.

Si je n'avais dépendu que de ça pour vivre, je crois que je serais devenu rapidement misanthrope. Je me serais mis à détester tous ceux qui me faisaient monter jusqu'à leur palier de porte au lieu de descendre récupérer leur repas sur le trottoir. J'aurais haï d'une haine égale ceux qui ne me jetaient pas un regard, ceux qui avaient une peur bleue que leurs doigts frôlent les miens, ceux qui ne portaient pas de masque et ceux qui me tenaient la jambe. Certains ne voyaient personne, ces temps-ci. Moi je leur apportais la becquée, je pouvais bien les écouter par la même occasion.

Une fois je suis tombé sur un homme rigoureux, qui tenait à me noter au plus juste. Son *calzone* refroidissait, mais un *calzone* peut attendre. Ce qui lui importait, parce qu'il était un peu cycliste, c'était de comprendre comment j'avais géré ma course. Il avait observé ma progression, minute après minute, sur la carte de l'appli. J'avais certainement perdu trente secondes au classement général en passant par telle rue plutôt que par telle autre. Je l'avais stressé en lambinant inconsidérément sur une portion de boulevard qui n'était même pas en faux plat. Je m'étais arrêté un temps qui lui avait paru quasiment infini à un carrefour qui ne présentait aucun danger notable, et dont les statistiques d'accident étaient bonnes. C'était dommage, poursuivait-il, que l'appli ne propose pas de mémoriser ses livreurs préférés, pour créer plus de lien. Le type aurait aimé, à l'évidence, vivre dans une société qui lui fournisse des domestiques, des gens à convoquer, à tancer et à sermonner, mais selon des modalités assez flexibles pour ne pas avoir à supporter les charges afférentes, et sans regard qui l'espionne.

Et puis j'ai rencontré la femme de Jolimont. C'était par une journée d'une chaleur anormale. Le thermomètre avait bondi de dix degrés, on se serait crus en juin. Comme je n'arrivais pas à écrire, j'avais résolu de prendre un *shift* sur l'heure du déjeuner. Elle habitait sur la colline, près de l'observatoire. Je connais le quartier, puisque je vais souvent parler à mes parents qui sont juste à côté, au cimetière de Terre-Cabade. C'est là que j'ai situé *Ci-gît*, mon troisième roman. Le cimetière y est hanté par une faune bizarroïde, des gens mystiques, des gens qui ne vivent que par leur rapport aux morts, de vieilles femmes qui fleurissent les tombes de parfaits inconnus devenus chers à leur cœur. Pendant que je gravissais la côte, l'orage grondait sans se décider. Il pouvait aussi bien être poussé ailleurs par le vent et épargner la ville. Je me suis demandé si la foudre était susceptible de frapper un cycliste, d'être attirée par le corps glorieux et transpirant du livreur à vélo, ou si elle jetterait de préférence son dévolu sur les paratonnerres des bâtiments et sur les cimes des arbres.

La femme de Jolimont vivait dans la pénombre d'un entresol, au bas d'un grand immeuble moderne. Elle ne sortait plus, elle commandait. Elle avait peur de tomber malade, dehors, avec ce qui circulait dans l'air, ou de faire un malaise, ou, un jour comme celui d'aujourd'hui, d'être élue par la foudre. Je lui ai tendu le sac qui contenait son tajine d'agneau et sa tarte au citron, je lui ai souri, j'ai voulu m'éclipser. « Vous n'allez pas redescendre comme ça, a-t-elle soufflé. Vous avez une autre course ? » Comme je n'en avais pas, qu'elle proposait de m'abriter et que l'orage éclatait enfin, constellant les vitres de grêlons de la taille de grosses noisettes, je me suis délesté de mon sac isotherme et je lui ai emboîté le pas. Elle a posé son repas sur le plan de travail de la cuisine et est retournée s'allonger sur son canapé-lit, en s'excusant de se sentir mal. C'était l'heure de la sieste. Est-ce que je ne voulais pas, moi aussi, m'allonger une minute ?

La situation aurait pu avoir un potentiel érotique – et notre eugénisme spontané fait que lorsque j'écris *la femme de Jolimont*, il est assez probable que vous visualisiez une femme pas trop éloignée des canons de la beauté moderne –, mais c'était en l'occurrence une femme affreusement laide, mal fagotée, les cheveux filasse et les traits lourds, et presque obèse surtout. Elle en était consciente et en souffrait comme pas possible. Il lui fallait une énergie féroce pour trimballer ce corps-là, ne serait-ce que pour se promener ou pour aller acheter de quoi remplir son frigo. Le plus souvent, elle y renonçait, et la somme de ses renoncements la faisait sombrer un peu plus bas dans le cercle vicieux du surpoids.

Nous nous sommes allongés côte à côte sur le dos. Je regardais trembler la verroterie du lustre et j'écoutais l'orage. « Vous entendez ? je lui ai dit. C'est une vraie musique, l'orage. » Elle ça lui faisait peur, et ça la rassurait qu'on le couvre de nos voix. Elle ne m'a pas laissé dormir, alors que j'en mourais d'envie. Elle m'a dit que cela faisait cinq jours qu'elle n'avait parlé à personne, et que tous les cinq jours à peu près, le besoin de parler la reprenait. Pour une fois, elle avait la chance de ne pas être tombée sur un livreur noir ou arabe. Elle n'avait rien contre eux, mais elle préférait éviter, car elle n'était pas masochiste. Après tout ils l'avaient chassée. Ils avaient forcé sa famille à quitter l'Algérie. Elle s'était installée au Mirail, dans une cité où elle avait de bons souvenirs d'adolescence, et ils l'avaient suivie, ça avait recommencé. La femme du dessus faisait sécher ses draps en obstruant la vue de son balcon à elle, et cette femme était arabe. Ses voisins de palier ne savaient pas se faire obéir de leurs enfants, ils la rabrouaient quand elle osait taper sur la cloison, et ils étaient subsahariens. Dans la cage d'escalier, ils élevaient toujours la voix, en tenant la porte de l'ascenseur alors que dix étages plus bas, tout le monde l'attendait. Les gamins se moquaient d'elle, elle n'aimait pas les entendre rire à chacune de ses allées et venues. Elle avait dû céder la place.

Maintenant ce n'étaient plus des grêlons, mais une pluie torrentielle. Par une anomalie que Procope aurait sûrement relevée, s'il était encore là pour chroniquer nos vies et nos guerres avec les Barbares, il devait être en train de tomber en une journée ce qui tombe d'habitude en trois longs mois d'automne. Est-ce que je consultais, a repris la femme, les prédictions météorologiques pour les décennies à venir ? Ça allait devenir encore plus chaud, encore plus sec, ici. Et au lieu de la pluie bienfaisante, on aurait droit à ça, des précipitations inopinées, brutales. Bientôt ce ne serait plus vivable que pour les gens arabes ou noirs. Le climat les aidait. Ils montaient vers le nord en même temps que le désert, ils faisaient progresser le désert. C'est par le climat aussi qu'ils nous assiégeaient et gagnaient du terrain, est-ce que je comprenais ça ?

De belles rencontres, en somme… Un métier de contact.

Le soir, une fois chez moi, je passais sous la douche, puis je regardais si Emily Kent était en ligne. Tout au long des mois de mai et juin, on s'était mis à entretenir une correspondance si colorée par l'envie de séduire qu'il n'y subsistait plus de phrases ternes ou anodines. On se racontait nos lectures, certains épisodes de nos vies, des peurs et des espoirs, en prenant garde de poser toujours au moins une question pour que l'autre se sente tenu de répondre, et en laissant s'écouler au moins une semaine avant de poursuivre le dialogue. Elle m'a fait découvrir les poèmes de Louise Glück, qu'elle lisait bien avant qu'elle n'obtienne le Nobel, je lui en ai envoyé d'Anna Akhmatova dans la version d'Igor Mumsen. Je lui ai fait remarquer que nos épreuves et notre réclusion n'étaient rien à côté de celles d'Akhmatova, surveillée de si près par la police de Staline qu'elle ne pouvait plus garder ses poèmes, mais devait les écrire sur des bouts de papier qu'elle tendait sans un mot aux amis en visite, avant de les brûler dès qu'ils lui confirmaient les avoir retenus par cœur. Emily avait le sentiment étrange de me connaître bien, parce qu'elle m'avait traduit, qu'elle avait dû essayer de poser sur le monde un regard analogue à celui qui se déployait dans un livre comme *Hibernation*, et en même temps, de tout ignorer de moi. J'avais fini par lire son roman, *Garden of Thorns*, que j'avais trouvé incroyable de sensibilité et d'élégance, et qu'un de mes amis éditeurs, à qui je l'avais fait parvenir, envisageait de publier en français. « Je ne me confierais pas autant, m'écrivait-elle, si on se connaissait dans la vraie vie. Tu dis comme ça ? Dans la vraie vie ? » Je crois qu'elle avait raison. La distance libérait, on prenait plus de risques.

Fin août, un soir de déprime commune, on s'était retrouvés à bavarder plutôt par messages instantanés, et à partir de là les choses étaient allées plus vite. On jouait au jeu contemporain de l'amour à distance. On évoquait, en assumant notre romantisme, l'océan qui nous séparait, l'injustice manifeste qu'il y avait à s'être ratés à New York, et à ne voir se dessiner à l'horizon aucun moment pour rattraper le temps perdu. L'instant d'après, envoyant valser par-dessus bord la mélancolie des paquebots, on s'écrivait des choses crues, certes au conditionnel, j'aimerais te faire ça, j'aimerais que tu me fasses ça, mais qui n'en demeuraient pas moins formidablement excitantes. Chez elle c'était le soir, chez moi le mitan de la nuit, on était sous nos couettes et on se déshabillait. Imagine que je suis près de toi, prête-moi tes mains, imagine que tes mains sont les miennes, pose-les ici, fais-les descendre jusque-là. On tenait à bout de bras nos téléphones portables, on fragmentait nos corps, ici mes lèvres vues de très près, tout mon torse en contre-plongée, ici une épaule ronde et l'attache d'un sein, ici des jambes tendues jusqu'aux orteils vernis, la ligne d'un dos et le rebondi des fesses que capture un miroir, et on envoyait ces fragments aussi haut que possible dans les airs qui en ont vu d'autres, et ils tombaient de l'autre côté de l'Atlantique en faisant les mêmes ravages que les débris d'astéroïdes. On se caressait au même moment, on s'attendait pour jouir ou on n'osait pas se dire qu'on avait pris un peu d'avance. Deux ou trois fois, parce qu'on se sentait plus en forme, plus désirables, on a branché la vidéo et on s'est regardés l'un l'autre se désaper, sans hâte, fringue après fringue, et je ne savais plus quoi dire, les images bannissaient les mots, je regardais les cheveux d'Emily Kent tomber sur ses épaules, ses doigts descendre entre ses cuisses, ce n'était pas virtuel, c'était terriblement réel, juste lointain, différent des formes d'amour que j'avais pu connaître, et j'éprouvais de la gratitude, ça n'enlevait rien à la tristesse qui s'était mise à m'habiter, ça ne réparait rien de ce qui s'était abîmé pour moi et pour mes proches, mais ça me faisait penser que tout n'était peut-être pas perdu.

18

Après quoi, Marcus Gambrich m'a appelé, d'une voix où perçait une excitation dingue. Il avait quelque chose à me montrer. Non, il ne me dirait pas ce que c'était, il ne pouvait pas en parler au téléphone, il fallait que je vienne. J'ai débarqué dans son deux-pièces où les vinyles et les bandes dessinées prenaient autant de place que chez moi les livres, les jouets de Diego et les vêtements des filles. Marcus s'était pris la veille une cuite parfaite au Picon bière avec un de ses amis, Bastien Corlin, qui tenait un salon de tatouage en retrait de la place Esquirol. Bastien était présent le soir de la fête de la Daurade, et il avait filmé des moments décisifs de l'intervention policière. Jusqu'à présent, il n'avait pas utilisé ces enregistrements, parce que lui c'était un teufeur : la politique ne l'intéressait pas, sa vie était déjà assez tordue comme ça, merci. Mais dans le feu de leur discussion, il avait montré les films à Marcus, qui avait aussitôt pensé que c'était pour moi.

Mises bout à bout, les vidéos duraient huit minutes environ. On y retrouvait les mouvements de foule, les cris et la pagaille dont le souvenir me brûlait encore, à peine mis à distance par le tressautement des images. Deux séquences m'ont retenu. J'avais vu les vidéos parues après les faits, et personne n'avait filmé ça, ou à ce moment-là, ou sous cet angle-là. Sur la première, la caméra suivait de manière réflexe la trajectoire d'une grenade lacrymogène, qui partait de la main gantée d'un policier et paraissait finir sa course en entrant pleine lucarne dans le camion-restaurant dont la bonbonne de gaz avait pété moins d'une minute plus tard. Sur la deuxième, quasi consécutive, six policiers, voulant interpeller un gars qui venait de fracasser contre leurs boucliers une bouteille de vin pleine, fendaient une partie de la foule d'une charge si brutale que beaucoup se retrouvaient à terre. Et dans ce groupe, la fille en robe verte sans manches, qui reculait, mais pas assez, pas assez vite, et à qui l'un des policiers décochait un coup de pied dans le ventre, et qui tombait tête en arrière sur le rebord du quai, à une poignée de centimètres du fleuve, ce n'était pas niable, je la reconnaissais malgré la profondeur des ombres, je la connaissais depuis dix-sept ans, elle s'appelait Maud Torres. Marcus a vu que j'avais vu et m'a regardé par en dessous : « Bastien m'a dit, tu ne le cites en aucun cas, mais tu en fais ce que tu veux. »

J'ai vécu toute la nuit avec ces vidéos. Je les ai regardées au ralenti, en faisant des arrêts sur image, en zoomant sur les moindres détails, en me focalisant sur un des policiers, puis sur un autre, sur un fêtard, puis sur un autre, en dézoomant dès que les silhouettes se dissolvaient en pixels, comme si je voulais vivre la scène de tous les points de vue, savoir ce que chacun avait fait, seconde après seconde, et ce qu'il avait ressenti. Lorsque nous avions interrogé Maud sur ce qui lui était arrivé, passant en revue des hypothèses, en lui enjoignant simplement de dire oui ou non d'un tremblement de menton, elle nous avait caché cette charge de police. Le coup de pied au ventre n'avait pas dû être si violent, puisqu'on ne s'en était pas doutés en la faisant examiner par un médecin, mais s'être fait frapper sans raison par un flic, ça laissait forcément une marque noire dans la tête. D'autant que d'après la vidéo, elle commençait à peine à se redresser, les paumes sur les pavés du quai, le visage hagard, quand l'explosion avait retenti et l'avait rabattue à terre.

Même une fois couchés et lovés dans les bras l'un de l'autre, on s'est repassé ça en boucle, moi et la grande dame Insomnie. Je n'avais plus d'information nouvelle à en tirer, mais je n'arrivais pas à m'arrêter. J'ai plongé avec ces images dans un état d'hypnose, comme on regarde un président abattu dans sa limousine par un tir de fusil à lunette, des avions qui percutent de plein fouet des tours aussi semblables que des jumelles, ou un homme répétant qu'il n'arrive plus à respirer sous l'horreur d'un plaquage ventral. Ma vidéo à moi n'écrirait pas l'Histoire, mais je ne lui en demandais pas tant. Ce serait déjà pas mal, peut-être, si elle m'aidait à apaiser un peu le cours de la mienne ?

Le surlendemain matin, j'ai été voir une avocate qui exerçait dans un immeuble chic près du marché Victor-Hugo et qui, d'après ce que j'avais lu, s'y connaissait en violences policières. Elle m'a écouté jusqu'au bout lui exposer l'affaire, elle a regardé les vidéos, sans parvenir à me cacher qu'elle accordait plus d'intérêt à celle de la grenade qu'à celle où on apercevait Maud, et elle m'a expliqué un peu ce qu'il en était.

La fête du port de la Daurade faisait d'ores et déjà l'objet de plusieurs enquêtes, de plaintes qui s'entrecroisaient comme cette nuit-là les tirs de bouteilles et de grenades : l'une devait déterminer qui était responsable du rassemblement, ou plutôt de son virage festif, d'autres portaient sur les violences à l'encontre des policiers, d'autres sur celles que les policiers avaient commises. Les musiciens espéraient un procès pour saisie illégale et dégradation de matériel. Le parquet se demandait si le gérant du camion-restaurant était coupable d'une négligence ayant entraîné l'explosion. Deux de ses confrères représentaient des gens dont les blessures, parfois très incapacitantes, avaient été constatées dès le lendemain par des légistes. Les pièces que j'apportais étaient intéressantes et il serait très utile que je les verse au dossier. J'avais le plus important : des preuves en vidéo. Sans vidéo, ce n'était pas la peine d'essayer : devant un tribunal, les témoignages de manifestants paraissaient de parti pris, en quelque sorte biaisés d'avance, tandis que les fêtards avaient l'esprit trop embrumé pour être pris au sérieux. Sans vidéo, ce qui a eu lieu n'a pas eu lieu. Sans vidéo, tous les manifestants sont des gauchistes invétérés, tous les gauchistes détestent la police et ne vivent que pour la calomnier, les flics n'ont fait que leur travail, tout le monde a rêvé, il ne s'est rien passé.

Cela étant dit, même armée de ces preuves, tout ce qu'elle pouvait me promettre en ce qui concernait Maud, au risque de refroidir mes ardeurs, c'étaient plusieurs années de procédure éprouvante, pour un verdict qui serait sans doute décevant et qui nous laisserait même peut-être avec la rage au ventre. Il y avait toujours, dans ces affaires, un problème d'impartialité. Même en passant par le procureur ou par l'inspection générale plutôt que par la case commissariat, on demanderait en fin de compte à des policiers d'enquêter sur des policiers. Après, de son point de vue, ça n'ôtait rien au fait qu'il était important d'y aller, de ne tolérer aucun écart en la matière – et elle était d'accord pour nous accompagner si c'était aussi le souhait de Maud. Le mieux, si on se motivait, serait de trouver d'autres victimes qui ne s'étaient pas déclarées et que toutes portent plainte le même jour, afin de montrer qu'il ne s'agissait pas de cas isolés, pas d'histoires de personnes, qu'on ne mettait pas en cause un ou deux moutons noirs dans les rangs policiers, mais qu'on contestait un système, toute la doctrine de maintien de l'ordre. Je lui ai demandé le montant de ses honoraires. Comme c'était une cause à laquelle elle était sensible, elle m'a dit qu'elle se contenterait d'un forfait de trois mille euros et, en cas de succès, d'un pourcentage sur les indemnités. Ça m'a paru très raisonnable, même pour un précaire dans mon genre. Néanmoins, a-t-elle enchaîné, elle ne me donnerait son accord qu'après avoir rencontré Maud et étudié un peu le dossier. J'ai opiné du chef et annoncé que je la rappellerais.

Je ne suis même pas repassé par chez moi. J'ai couru à la gare et j'ai pris le train pour Rodez, comme si un temps de sablier me filait entre les doigts. J'ai sciemment évité de prévenir Camille : elle m'avait assez mis devant le fait accompli, je ne voyais pas d'urgence à savoir ce qu'elle penserait de tout ça, c'était l'avis de Maud que je voulais.

Quand je suis entré dans sa chambre, dans la pénombre de la fin d'après-midi, aucune lumière n'est venue éclairer son visage. Je me suis assis à ses côtés, j'ai pris de ses nouvelles. Ensuite je lui ai suggéré qu'on sorte se promener : il restait moins d'une heure avant que ne s'achèvent les visites. On a quitté le jardin et emprunté le sentier qui menait à un étang maussade, en contrebas de la clinique. Les roseaux frémissaient. Même les canards colverts paraissaient avoir froid. J'ai évoqué les vidéos à Maud, je lui ai demandé si elle voulait les voir. Elle s'est raidie d'un coup. Non non, a-t-elle lancé. Elle n'arrivait à rien dire d'autre. J'ai battu en retraite et pris les choses sous un autre angle : elle n'avait pas besoin de les voir, dans l'immédiat, mais elle pouvait discuter au téléphone avec cette avocate et prendre le temps de se demander si porter plainte lui ferait du bien et l'aiderait à avancer. Non, a-t-elle dit encore, cette fois-ci dans un cri, les mains levées comme si elle repoussait une bête. C'était le seul mot qui lui restait. Son langage était redevenu celui d'une petite fille. Je l'ai raccompagnée à sa chambre, en pensant que c'était clair, au moins : elle ne voulait plus entendre parler de cette affaire. Mais dans ce cas, par où arriverait l'embellie, qu'est-ce qui lui permettrait d'aller de nouveau de l'avant ? Au moment de me dire au revoir, alors que je la serrais longtemps et trop fort dans mes bras, elle m'a murmuré à l'oreille : « C'est tellement fatigant… Je n'en peux plus, papa. J'en peux plus d'être comme ça. »

Dans le train du retour, j'ai regardé le nombre d'affaires de ce genre qui se concluaient par des non-lieux, même quand les gens avaient perdu un œil, l'usage d'une jambe ou d'un bras, même quand ils étaient morts aux mains de la police lors de leur interpellation. Une liste de noms macabre et accablante. Le wagon était vide, il faisait une nuit de poix. J'entendais le sang battre dans mes artères et un souffle anormal mugir au creux de ma poitrine. J'entendais une voix qui disait : « Vous m'avez pris ma fille. » J'étais le premier à trouver ça navrant, mais je ne faisais pas confiance à la justice de mon pays pour me rendre justice. La voix disait : « J'avais une fille, une seule fille, et c'était Maud, et vous me l'avez prise. » Ça ne s'arrêtait pas. Ça m'envahissait le cœur. C'était une vague qui déferlait et qui me ravageait et qui voulait sortir.

Alors j'ai rallumé mon téléphone, je me suis connecté, le réseau m'a demandé ce que j'avais à dire, et j'ai fait ce que je sais faire, je me suis mis à écrire. J'ai rappelé le contexte, même pas une manifestation, mais une soirée d'été après des mois horriblement austères, une fête, la foule qui danse, de la musique qui met tout le monde d'accord, une simple fête. J'ai dit que j'y étais, j'ai raconté ce que j'avais vu avec des mots concrets, et aussi ce qu'on voyait dans les deux vidéos que je m'apprêtais à poster. Je voulais que les gens les regardent, et que ceux qui ne les regarderaient pas sachent au moins ce qu'elles montraient. Ça faisait quatre mois ? D'accord, ça faisait quatre mois, mais qui ça arrangeait qu'on croie que c'était de l'histoire ancienne ? J'ai parlé de Maud et de l'état dans lequel je venais de la trouver. Ça c'était aujourd'hui. Pour elle, ça ne passait pas. J'ai dit pourquoi cette violence me restait à moi aussi en travers de la gorge. Et comme je supposais que je n'étais pas seul dans ce cas, par un glissement d'abord involontaire, et bientôt assumé, j'ai commencé à écrire *nous* : nous ne pouvons pas rester les bras croisés ; nous ne laisserons plus passer ça ; nous n'accepterons plus le silence qui efface les fautes, les excuses qui n'engagent à rien, nous voulons des sanctions, une justice rapide, enfin à la hauteur, nous exigeons que ça change.

J'ai posté ça, qui faisait la taille d'un gros article de journal, j'ai vérifié que la vidéo se chargeait, et je me suis endormi tout seul dans mon wagon, les bras croisés pour me réchauffer un peu, la conscience plus tranquille. Lorsque je me suis réveillé, en gare de Toulouse-Matabiau, j'avais reçu une vingtaine de textos de la part des amis de la bande. Mon post était devenu viral. Des milliers de pouces levés, des milliers de partages : ce texte de rien du tout avait été plus lu en moins d'une heure que mon dernier roman en deux ans. Les gens le reprenaient sur leurs pages, se le réappropriaient, disaient que c'était à lire absolument, que ces vidéos étaient insupportables. Voilà voilà : je tenais mon malheur, celui qui se raconte mieux que la vie ordinaire, celui qui vous met à terre, mais qui fait se lever les autres dès lors que vous arrivez à poser des mots dessus. J'aurais préféré de beaucoup ne pas avoir à faire ça. J'avais le sentiment qu'on ne m'avait pas laissé le choix. Si bien que dans la foulée, j'ai publié un deuxième post, appelant celles et ceux qui le voulaient à se rassembler le lendemain, qui tombait un samedi, à 11 heures du matin, devant la préfecture. Il fallait que le pouvoir comprenne qu'on ne se contenterait pas de protester à coups de clics. Il était temps de leur montrer que plus personne à part eux ne contestait l'ampleur des violences policières. Le mur du déni était solide ? On allait le faire craquer. Demain serait un jour de feu.

19

Bon allez, je vous dis tout : ça ne s'est pas passé comme ça. Je me suis retrouvé, ce samedi de fin novembre, face à un décalage inouï entre mes désirs et l'ordre du monde. Pas le hiatus attendu. Pas le fossé qui nous tracasse mais dont on s'accommode. Non non : un véritable gouffre. En me levant vers 8 heures, pourtant, j'avais le sentiment d'avoir été promu par plébiscite éclair au rang enviable de chef des Goths : mon texte était repris dans tous les groupes qui s'étaient confrontés à la police lors de grèves ou de manifs ces cinq dernières années ; on allait être des centaines, peut-être des milliers ; j'étais prêt pour le pacifisme quasi miraculeux de la désobéissance civile, mais disposé aussi s'il le fallait à taper sur les flics et à me faire taper ; je n'avais pas de plan de bataille mais des intentions nobles et beaucoup d'énergie : je voulais envahir l'Empire, foutre la zizanie dans cette paix romaine qui n'arrange en réalité que les tenants du statu quo.

Sauf que, lorsque j'ai voulu voir sur le réseau où en étaient les réactions, si le mouvement de soutien continuait à grandir, il y avait comme un léger bug qui empêchait la page de se charger. J'ai essayé dix fois, je suis passé de mon portable à mon ordinateur, j'ai changé de navigateur, mais rien : mon compte était inaccessible. J'ai essayé de me connecter tout simplement à internet. Ça ne marchait pas non plus. Ces gouttes de sueur sur votre front... Un petit souci, monsieur Torres ? J'ai voulu joindre Marcus pour le prévenir de ce qui se tramait. Le numéro enregistré ne se composait pas. Mon téléphone ne m'appartenait plus. Quelqu'un était entré pendant la nuit, sans corps et sans visage, juste dix doigts sur un clavier, et en avait pris possession. Cette tête, monsieur Torres. Ne faites donc pas cette tête : c'est la vie d'aventure. C'est vrai, c'était très drôle. Je m'attendais à beaucoup de choses, mais pas du tout à ça.

J'ai décidé que ça ne changerait rien, et je me suis habillé en prévision de la manif : des vêtements confortables, des épaisseurs pour amortir les coups, de grosses galoches qui ne craignent rien. Poussant la porte de l'immeuble, je me suis retrouvé nez à nez avec deux balaises en civil. Du genre gardes du corps, ou bien du genre à surveiller les domiciles de personnalités. J'ai cru d'abord qu'ils venaient me chercher. Cette histoire-là, le type plus ou moins innocent et les deux hommes qui l'emmènent, ça éveillait en moi comme un souvenir. Eh non : ils étaient là pour m'empêcher de faire des bêtises et me protéger de moi-même. J'étais prié de rester chez moi. On ne me chercherait pas d'ennuis, si je me tenais tranquille. Mais si je tentais de sortir – alors, malheur à moi.

Étrange Elias. J'aurais dû être désespéré, ou fou de colère. Ce n'est pas ce qui s'est produit. Un grand calme m'est tombé dessus. Je suis remonté à l'appart. On y était, en somme. Ça avait mis le temps, mais désormais, on y était. Dans quelques jours, les restrictions seraient allégées, les gens retrouveraient un peu de mobilité, et moi je resterais sous le coup de cette assignation à demeure. J'étais banni de la cité. On m'attifait du bonnet d'âne que portent les mauvais élèves, les graines de délinquants, et je devais patienter le visage tourné vers le mur, mon regard ne croisant plus le regard de personne. Ou bien, autre hypothèse, tout était de ma faute, et je n'avais eu que ce que cherchait mon inconscient avec vigueur et maladresse : la cellule pour philosopher que réclamait Bernard Stiegler, le coin d'ombre à l'écart dont rêvait Thomas von Kempen, le silence absolu, moi tout seul et mes livres.

Vous avez déjà essayé de couper internet ? De le couper sérieusement, pour des journées entières ? Je suis né sans, pourtant, j'ai vécu sans les vingt premières années de ma vie, mais je peux vous dire, ça fait bizarre. L'heure de la manifestation est passée sans que j'aie aucun moyen de savoir si elle avait eu lieu. Je ne pouvais pas demander de nouvelles à Camille, ni la prévenir de ce qui m'arrivait. Je ne pouvais pas écrire à mes amis, ni m'informer de ce qui se passait dans le monde, ni poursuivre mes recherches sur les désastres du sixième siècle. Il n'était plus question d'accepter des commandes à livrer à vélo, ni de bavarder et de faire l'amour avec Emily Kent. Il a fallu du temps pour que se grave comme ça dans mon esprit la liste des actions quotidiennes qui m'étaient devenues impossibles. Sevré de force au nom de l'ordre public, j'ai eu tout le loisir de prendre la mesure de ma dépendance au réseau.

Je n'aurais jamais pensé qu'elle me tomberait dessus de cette manière, mais j'avoue que j'en avais rêvé, pourtant, de cette vie déconnectée. Je m'étais promis un certain nombre de fois de faire cette expérience, de démarrer la journée sans radio ni télé, sans presse ni internet, et de tenir jusqu'au soir, ou quelques jours, ou idéalement quelques semaines, sans les médias qui nous distraient, qui nous donnent des endroits où fuir, qui élargissent notre champ de vision, mais qui nous happent, nous accaparent, nous bouffent la tête et nous détruisent. Je me faisais une joie de regarder émerger lentement un autre monde, celui qui était là et que je ne remarquais plus, un monde moins dense, plus matériel et plus sensuel, tout entier contenu dans ce que je verrais ou entendrais autour de moi, au long de jours placés sous le signe de l'immédiateté. Je voulais croire que ça m'aiderait à me hisser à des degrés de concentration que je n'atteignais plus jamais, que mon travail en serait changé, et peut-être ma vie. Or je n'y arrivais pas. L'histoire de ce fantasme c'était l'histoire de mes échecs. Je savais très bien ce que je voulais faire, je savais que je m'en voudrais si je ne le faisais pas, et je faisais l'inverse. Igor Mumsen m'avait expliqué que les Grecs nommaient *acrasie* cette faiblesse de volonté, cette façon que nous avons d'agir à l'encontre de notre intérêt de long terme ou de notre propre jugement, dont j'étais chaque fois grandement soulagé d'apprendre qu'elle donnait du fil à retordre à d'autres personnes aussi. Il y avait toujours, dans les temps morts qui ponctuaient mon quotidien, quand j'avais devant moi cinq minutes mais pas une heure, ce moment où plutôt que d'attendre sans rien faire, je regardais si quelqu'un m'avait écrit, ou ce qui se passait quelque part, ou ce que les autres pensaient de ce qui se passait quelque part. C'était humain de préférer la stimulation à l'ennui. Sauf qu'on ne savait jamais sur quoi on risquait de tomber. Et on tombait tout de même le plus souvent sur un truc qui restait en tête, qui s'enkystait sous l'épiderme, qui se mettait à former un caillot dans une artère, qui empêchait le sang ou l'air en nous de circuler librement.

C'est grâce à ce fantasme récurrent et inabouti que j'ai réussi, je crois, à faire contre mauvaise fortune bon cœur. Je n'ai pas tenté de m'évader. Il me restait dans les placards et à la cave de quoi tenir le siège auquel je m'étais savamment préparé. J'avais des milliers de pages à lire si je le voulais, et je pouvais essayer aussi d'écrire déconnecté, sans faire aucune recherche, en ne me servant que de mon corps face aux pages blanches ou noircies de notes de l'écran ou du cahier.

Les jours qui ont suivi, j'ai pris l'habitude de me poster à la fenêtre, pas côté rue où les policiers en faction me renvoyaient à ma condition de prisonnier, mais dans le salon qui donnait sur la cour intérieure, et j'ai regardé cette cour, chaque élément de cette cour que je croyais connaître par cœur, comme jamais je n'avais regardé. Il ne restait, à l'approche de l'hiver, que quelques feuilles rousses au tilleul. J'ai repéré dans le micocoulier un nid d'oiseau abandonné sans doute depuis des mois, mais qui semblait encore solide. J'ai observé à la jumelle les mousses qui prospéraient sur le toit de l'atelier où l'horloger trompait en bricolant l'ennui de sa retraite. Quand des voisins m'apercevaient, je les saluais de la main, sans leur parler. Je n'avais plus rien envie de leur dire. J'allais bien, j'allais mieux, je ne voulais pas que les gens s'inquiètent.

Ma fenêtre découpait un petit coin du monde, elle faisait un cadre parfait pour un tableau ou une photo, et pourquoi pas pour un poème. Je pensais à Friedrich Hölderlin qui a vécu toute la seconde moitié de sa vie, à Tübingen, reclus dans une tour dont les fenêtres donnaient sur la rivière. Il avait connu et aimé la Garonne à Bordeaux, quand il y était précepteur, dorénavant c'était le Neckar. En cette année 1807, on n'en finissait plus de la boucherie des guerres de Napoléon, le temps était à la détresse, l'époque était considérablement plus folle que Friedrich Hölderlin qui sortait pourtant de clinique, qu'on jugeait incurable et à qui on donnait au mieux quelques années à vivre. Or il a survécu de beaucoup à l'exilé de Sainte-Hélène, passant pas moins de trente-six ans dans cette chambre que lui louait, au premier étage de la tour, le menuisier Zimmer. Il fredonnait des airs assis à l'épinette, il alternait les phases maniaques et l'apathie, et quand des visiteurs débarquaient pour le voir, il surjouait pour se protéger la comédie de la folie.

Moi j'ai grandi en poésie avec cette légende-là. Le poète qui a ressuscité l'esprit de la Grèce antique en écrivant des hymnes où toute la nature est dans les mains de dieux païens, le poète qui a voulu que les hommes soient enfin humains et ne pourrissent plus démembrés sur les champs de bataille, le fou qui signe Scardanelli, qui date ses vers d'époques lointaines du passé ou de l'avenir, et qui, en prenant de l'âge contre toute attente, se contente peu à peu d'écrire des poèmes à la fenêtre, des textes qui n'ont l'air de rien, où il ne dit plus *je*, dont les dieux sont absents, mais où il parle du bonheur que lui donnent les saisons, la rivière et les arbres. Je suis allé les chercher dans ma bibliothèque. J'en ai relu certains. Il écrit dans l'un d'eux : *Und Betrachtung gibt dem Herzen / Frieden, wie das Bild auch ist*. Et la contemplation donne de la paix au cœur, quelle que soit l'image qu'on contemple. Comme quoi, il ne s'était pas trompé tant que ça, ce vieil ami sur qui je pouvais compter, le vieux poète maboul, mon Friedrich Hölderlin.

Dans le resserrement de ma vie, il me restait donc ça : les toits de tuiles, le ciel, les bruits de la rue et les nuages.

Un passereau a commencé à me rendre visite. Je crois qu'il était de la même espèce que celui que j'ai aperçu sur le quai de Tounis le jour où j'ai pris mon amende. Il se posait sur le garde-corps du balcon et me fixait d'un œil brillant. J'aimais le blanc vif de son visage, en contraste si fort avec le noir de sa calotte et de sa gorge. Il avançait sans sautiller, une patte devant l'autre, avec des mouvements secs de la tête et en hochant sans cesse la queue. Je m'autorisais à approcher et il n'avait pas peur de moi. J'ai feuilleté mon guide des oiseaux jusqu'à identifier sans confusion possible la bergeronnette grise. D'après les couleurs de son plumage, c'était un mâle adulte. Il avait dû trouver l'air assez doux pour rester dans le coin malgré la venue de l'hiver. Il avait préféré prendre le risque de manquer de nourriture plutôt que d'affronter les longues routes de la migration. C'est ça, être un oiseau : on sait qu'on vit dans le danger, quoi qu'on fasse, et on choisit son risque.

Le troisième jour, j'ai fabriqué une bague en sectionnant le bouchon d'un feutre, et je l'ai attachée à la patte de Friedrich pour le reconnaître à coup sûr. J'ai retrouvé, dans *Cahiers de lune*, le passage où Igor Mumsen évoque le mythe de la création du Japon : lorsque Izanagi et Izanami s'accouplent pour créer les îles de l'archipel, un peu de terre ferme dans ce monde qui n'est d'abord qu'un océan, c'est une bergeronnette qui accompagne leurs ébats en battant la mesure de sa queue. Friedrich m'a demandé de lui lire le poème à voix haute, et j'ai bien vu qu'il s'y retrouvait, que c'était à l'époque, sinon lui, du moins un de ses ancêtres qui avait tenu compagnie à la copulation des dieux. Je ne vous cache pas que par instants, je me faisais du souci pour lui : comme j'avais lu qu'il se nourrissait de diptères et de coléoptères, je n'osais pas lui proposer de partager mes repas, mais je ne voyais plus le moindre insecte rayer l'air, et je me demandais si ce bonhomme alerte n'était pas, sous sa bonne humeur contagieuse, un petit bonhomme agonisant.

Durant ces quelques jours, nous avons eu de grandes heures ensemble. Il venait au matin, alors que je prenais mon café sur le balcon. Il repartait, bien sûr, à d'autres moments de la journée vaquer à ses affaires, mais il revenait toujours. Il devait sentir que j'étais seul. Que j'avais besoin d'un ami. Et ce n'est pas trop dire je crois que d'écrire : nous sommes devenus amis. Nous avons discuté de maintes et maintes choses. Nous avons pris le soleil et nous l'avons remercié d'être là malgré tout. Nous avons regardé le soleil et nous lui avons dit : Ça va, on ne t'en veut pas. Nous avons consolé le soleil en lui soufflant à tour de rôle : D'ailleurs, ce n'est pas ta faute, tout ça. Et quand Friedrich a ajouté, ce n'est pas ma faute non plus, j'ai regretté de ne pas pouvoir en dire autant. Nous avons réfléchi, tous les deux, côte à côte, à l'existence de l'univers, de cette terre et de cette vie qui sont tout de même bizarres. Parfois il s'envolait alors que je n'avais pas fini ma phrase, que j'étais en train de lui confier un rêve terriblement secret, ou de lui réciter les premiers vers du poème que j'écrivais sur lui. C'était sa manière insolente d'affirmer qu'il vivrait moins longtemps que moi, et qu'il le savait bien, mais qu'entre-temps il vivait libre, plus libre que moi, moins enfermé dans la société qui va mal, dans l'État policier ou dans l'enfer de son crâne. Au crépuscule il me quittait pour rejoindre les siens au dortoir, quelque part sous un toit, dans la façade d'une vieille bâtisse, ou peut-être sous un de ces ponts qui enjambent le canal du Midi et la belle Garonne. C'est ça, être une bergeronnette : c'est chercher ce qui se rapproche le plus d'un paysage rupestre, c'est explorer la ville jusqu'à découvrir la fissure, le coin d'ombre, la cachette que les humains vous ont préparée sans le savoir.

Je commençais à bien connaître Friedrich, j'estimais être bientôt capable d'écrire le poème qui accéderait, sans la percer, à la hauteur de son énigme, lorsque le chat est venu. Il était près de 14 heures. Je finissais de laver la vaisselle, tout en expliquant à la bergeronnette pépiant sur le balcon que le soleil, malgré les apparences du ciel, était quatre cents fois plus massif que la lune, « Tu entends ça ? Quatre cents fois », lorsque j'ai senti le silence tomber dans mon dos. Je me suis retourné et j'ai vu ce chat sorti de nulle part qui tenait le passereau dans sa gueule. Il s'était montré si discret, si mortellement véloce qu'il n'avait même pas ébouriffé le plumage de Friedrich. Le chat m'a dévisagé depuis la table du balcon où j'avais posé mon carnet, il a sauté à terre, est entré dans le salon, a desserré le piège de sa mâchoire et a fait choir sa proie sur le tapis, comme s'il revendiquait son acte et qu'il en était fier. Bec ouvert, pattes raidies, mon amie la bergeronnette ne bougeait plus d'une plume. Le sang maculait son ventre blanc. J'ai vu tout de suite que c'était perdu, que je ne la sauverais pas. Le chat me regardait avec impertinence. Il ne redoutait pas ma réaction, il se moquait bien de savoir ce que je pouvais penser, mais la curiosité le poussait à m'observer quand même. C'était un bleu russe longiligne d'une beauté incroyable, au pelage ras d'un gris chiné de blanc. Le soleil était encore proche de son zénith, et sa pupille n'était qu'une fente verticale dans ses yeux verts d'esthète. S'il était venu le premier, je l'aurais sûrement pris en sympathie. Mais il était venu le deuxième, et il était venu pour tuer.

Alors l'étrange Elias a reculé jusqu'au plan de travail, et sans cesser de faire face au chat, une main dans le dos, a fouillé le tiroir jusqu'à sentir au bout de ses doigts le métal apaisant d'un long couteau de cuisine. Je n'ai pas laissé le chat voir ce que je mijotais. Ce n'était pas un agneau de sept heures. Ce n'était pas un bœuf bourguignon. J'ai glissé le couteau à l'arrière de mon jean, et mes mains ont réapparu à la hauteur de mes hanches, inoffensives et innocentes comme le sont les mains de tous les poètes reclus. Je me suis approché du chat, en inspirant doucement pour ralentir mon cœur et ne pas paraître agressif. Je n'ai pas fait semblant de vouloir le caresser, je pense qu'il aurait percé à jour la plus légère hypocrisie. Alors que j'allais l'atteindre, il est retourné sur le balcon et a bondi sur le rebord de la balustrade. Il n'y avait pas de trace de peur dans ses mouvements. Il ne fuyait rien. On aurait dit qu'il reprenait sa route après la bonne récréation que lui avait procurée le succès de cette chasse. J'ai continué à avancer, et lorsque j'ai franchi le seuil de la porte-fenêtre, partant sans doute comme il était venu, il a pris son élan et sauté sur le toit.

Au clocher de l'église voisine ont sonné les deux coups de ce qui m'a paru être l'heure de vérité. Est-ce qu'on se paye de mots quand on dit aimer la justice, ou est-ce qu'on sait, lorsque l'heure sonne, chercher au fond de soi du courage ? Je suis monté sur la table, je me suis suspendu de tout mon poids à la gouttière pour vérifier qu'elle tiendrait le choc, et comme elle ne tremblait pas, ne grinçait pas, j'ai sorti de mes tripes la traction qu'il fallait pour me hisser à mon tour. J'ai avancé à genoux, le temps de m'éloigner du vide, puis je me suis redressé et j'ai gagné en quelques pas la crête de l'immeuble. Depuis que nous y habitions, je n'avais jamais eu l'idée de monter sur ce toit. La pente était plus douce que je ne l'aurais pensé, et les tuiles de couleurs plus variables, certaines d'un rose très pâle qui retournait au blanc, d'autres noircies d'usure, d'autres d'un rouge flambant neuf. Ça renouvelait le regard sur le lieu que j'appelais *chez moi*.

Par chance, le chat n'avait pas prévu que je le suivrais, et il se frottait le dos à une cheminée, à quelques mètres à peine. Il m'a jeté un regard, la moustache frémissante, les coins de sa bouche relevés en un début de sourire narquois, puis il s'est retourné et a continué sa promenade. Je voyais les coussinets un peu rosés de ses pattes se poser sur les tuiles avec une élégance que j'aurais vainement essayé d'égaler. Moi j'avançais les bras en balancier, un pied de chaque côté du faîtage, les yeux rivés tantôt sur les tuiles où je cherchais mes appuis, tantôt sur la cheminée ou la lucarne auxquelles je pourrais me raccrocher si le vertige me saisissait, et en tout cas pas sur la rue que je devinais en bas. Dès que le chat changerait d'allure, lassé d'être suivi ou anticipant la menace, il me sèmerait tranquille, d'autant que les immeubles étaient de tailles inégales, et que tous les trente mètres environ, je devais trouver l'endroit par où me hisser sur le toit suivant, ou d'où sauter pour atterrir sur celui d'en dessous.

Pour l'instant je m'en tirais, parce que le chat trouvait plus drôle de maintenir un écart constant entre nous. Un peu plus tard, alors que je peinais à escalader un pignon, et qu'il me surplombait d'un mètre, il m'a même attendu en se léchant les pattes, avant de miauler à mon adresse : « C'est parce que j'avais faim. Pour survivre il faut bien manger. » Le salaud d'assassin ! Se justifier comme ça... Il y avait quand même d'autres choses à se mettre sous la dent, dans une ville comme Toulouse, que des bergeronnettes grises. La moindre supérette regorgeait de croquettes absurdes, les poubelles débordaient d'abats de viande et de poisson, il n'avait pas à venir chercher, entre tous les oiseaux, une bergeronnette, et entre toutes les bergeronnettes, celle qui m'avait pris pour ami. J'ai pressé le pas pour lui montrer ce que j'avais dans le ventre, j'ai trébuché, glissé d'un mètre sur la pente, je me suis retenu de justesse en calant mon pied droit contre la saillie d'une lanterne. Le chat a miaulé encore, les yeux bien plantés dans les miens : « C'est bon, je plaisantais... Les piafs je les croque plutôt pour jouer. »

On arrivait au bout du bloc. La rue était trop large pour envisager de la franchir, mais on pouvait tourner à droite pour longer le pâté de maisons. Le chat a marqué un temps d'arrêt et j'ai saisi ma chance. Puisque je ne l'attraperais pas, il fallait le faire venir. J'ai fait semblant d'être essoufflé et je me suis assis sur le faîtage. Cela n'a pas manqué. Il n'a pas supporté que je me désintéresse de lui, son orgueil l'a perdu, ou bien son empathie pour ma grande maladresse, et il s'est glissé sous les genoux de l'humain au calme trompeur pour se caler entre mes jambes. De la main gauche, j'ai caressé son ventre et l'arrière de ses oreilles, et de la droite j'ai glissé hors de son fourreau mon couteau de justice. Ça suffisait comme ça. Il fallait bien que quelqu'un paye.

Le chat regardait la ville, l'océan des toits de tuiles au-dessus de quoi défilaient, chassés par le vent d'automne, des nuages gris pommelés. On voyait le clocher de Saint-Sernin, et plus loin, à sa droite, la coupole de l'hôpital de La Grave. Sauf que je n'étais pas là pour jouir du paysage. Je me suis demandé comment on tue. L'égorger d'un coup sec, c'était le mieux, bien sûr, mais s'il le sentait venir ? Ou alors l'éventrer, mais comment trouver le cœur ? J'ai resserré de la main gauche mon étreinte sur son cou. Je lui ai dit dans ma tête : Allez, bouffeur de piafs. Parle encore, provoque-moi. Mais le chat ne disait plus rien. Il m'a senti trembler, il a tourné la tête et il a vu le couteau. Ses yeux sont devenus immenses comme des planètes. J'ai placé la lame sous sa gorge. Je lui ai dit dans ma tête : Saloperie d'assassin, nazi de la Garonne, tu pensais t'en tirer comme ça ? Mais le chat ne se débattait pas. Il n'était pas aidant. Il refusait obstinément de me faciliter la tâche. Alors, en désespoir de cause, j'ai rengainé le couteau, je lui ai fait comprendre du regard qu'il ne perdait rien pour attendre, et je l'ai laissé reprendre sa route.

Je me suis relevé. Le sang tournait dans tous les sens, je n'y voyais plus très clair. Je m'apprêtais à faire demi-tour et à rentrer chez moi lorsque je l'ai entendu miauler : « Bon alors ? Tu viens, gros ? J'ai pas que ça à faire, moi. » Je l'ai suivi encore sur une centaine de mètres, avant qu'il ne se couche près d'un velux légèrement entrouvert. Je l'ai rejoint en silence et j'ai regardé ce qu'on voyait par la vitre. C'était une pièce aux murs couverts de livres du sol au plafond. Ici et là s'ouvraient, pour aérer les rayonnages, des cases qui abritaient des objets en terre cuite, des masques et d'autres bibelots. Assise à un secrétaire, une femme vêtue d'un pull de laine bordeaux paraissait trier des papiers. J'ai plissé les yeux pour mieux voir, jusqu'à ce qu'elle tourne un peu la tête et que je découvre son visage. Et là, souffle coupé. C'était la femme de l'écluse Saint-Michel, celle que j'avais suivie et perdue dans la ville. Elle était plongée dans un tas de lettres manuscrites, de vieilles lettres froissées qu'elle tirait de leurs enveloppes et parcourait du regard. Parfois elle les mettait ensuite à la corbeille. Souvent elle s'attardait, les doigts un peu tremblants, lisant celles qui étaient écrites en français ligne à ligne, ou bien colonne après colonne, de droite à gauche, celles où je reconnaissais des caractères japonais. Sans quitter les lettres des yeux, elle prenait de temps à autre une gorgée de thé, en faisant d'abord tourner le bol rond à la glaçure blanche trois fois entre ses mains.

En me détachant d'elle, en observant de nouveau les lieux, j'ai reconnu l'appartement d'Igor, le bureau qui jouxtait le salon. Plus de doute, cette fois-ci. Je tenais ma deuxième chance. Cela me gênait en revanche de débarquer comme ça, surtout après l'avoir épiée si librement à son insu. J'ai voulu battre en retraite. Je trouverais bien, plus tard, le moyen de retourner chez Mumsen et de sonner à la porte comme le requièrent les bonnes manières. C'était sans compter le chat qui ne m'a pas laissé le choix. Il s'est redressé d'un coup et a bondi par l'entrebâillement du velux. La femme a sursauté et a lâché son bol de thé, qui s'est brisé sur les tommettes. Elle a transpercé le chat d'un regard de remontrance : « Hoshi ! » a-t-elle commencé à le gronder. Puis elle a vu le grand échalas penché sur le velux, elle s'est figée et a reculé d'un mètre. J'ai tiré le battant vers moi et je me suis glissé par l'ouverture. « Je suis vraiment désolé, ai-je dit, je... » Expliquer le cas de figure n'était pas évident. Elle a cligné deux-trois fois des paupières et m'a interrompu : « Je m'appelle Aiko Ogiwara. Et vous devez être Elias, peut-être ? Elias Torres ? » J'ai entendu ce nom, cette femme prononcer ce nom, et j'ai fondu en larmes.

20

C'est ainsi que du nouveau est entré dans ma vie. On ne sait pas quand le nouveau arrive, ni comment il va s'incarner. Ça peut être un oiseau ou ça peut être un chat. Ça peut être un fantôme au bout d'un long couloir, ou une femme assise à un bureau sous une fenêtre de toit. Il faut sûrement apprendre à oublier ce qui meurt, et ouvrir les bras au nouveau, et l'accueillir. Quoi qu'il en soit, j'ai su dès les tout premiers mots que nous avons échangés qu'Aiko compterait dans ma vie. Dans les semaines qui ont suivi, il ne s'est pas passé de jour sans que je prenne le temps de la voir. Elle avait le port de tête le plus altier que je connaisse, les gestes les plus élégants. J'aimais les rides qui creusaient son visage. J'aimais son regard d'une droiture impitoyable et son humour soudain. Tout ce qu'elle me racontait, de sa voix dont l'accent léger décalait le français, ouvrait pour moi de grandes fenêtres vers un autre horizon.

Peut-être faut-il que je précise, tout de même, que je ne me suis pas toujours senti tenu de passer par les toits.

L'après-midi où nous avons fait connaissance, et parlé trois heures d'affilée, je suis rentré chez moi par la rue, au crépuscule coupable, et je me suis aperçu que les factionnaires n'étaient plus là. Je me suis dit d'abord qu'ils avaient dû partir à ma recherche, furieux de s'être avisés de ce qui s'était en fait révélé, si on regarde les choses avec recul, une évasion exécutée avec le sang-froid d'un maître. Mais lorsque m'a repris la tentation de regarder le réseau, la connexion était revenue. Je ne voulais pas me confronter tout de suite à la réalité : j'avais peur de mon téléphone et de ce qu'il m'apprendrait ; je l'ai éteint aussitôt et je me suis endormi. Cette nuit-là, je me suis demandé si je n'avais pas rêvé tout ça, ou au moins une partie de tout ça, sachant que je n'aurais pas su dire quand le rêve avait commencé. Le lendemain, j'ai eu la force de renouer avec l'étrange société des hommes, et j'ai compris.

Le samedi de la manif, les flics ont pris les devants et ont barricadé le quartier de la préfecture. Ils ont bloqué la rue Sainte-Anne, la place Saintes-Scarbes, la rue Bida, pire encore que lorsque Tanguy Jolas défilait contre Franco pour tenter de sauver Salvador Puig Antich. D'après ce que m'a raconté Marcus, qui s'est rendu sur place en pensant fort à Maud, les seuls manifestants qui ont pu approcher arrivaient du boulevard, et les forces de l'ordre les ont gardés à bonne distance, derrière les ruines du rempart gallo-romain. Je n'étais pas là pour haranguer cette foule du reste pas si dense ; ils se sont époumonés une petite heure, et puis ils sont rentrés chez eux. C'est ça, tenter d'agir : c'est accepter, le plus souvent, que ce soit du bruit pour rien. Je ne sais pas si on la réussira un jour, la grande révolution qui serait nécessaire, celle qui nous permettra de récupérer l'argent et de laisser le vivant en paix, mais en tout cas il semblerait que ça ne s'improvise pas.

Marcus n'arrivait pas à me joindre. Les policiers devant chez moi ne l'ont pas laissé entrer. Il a prévenu Tanguy. Cela fait belle lurette que Jolas a pris ses distances avec les huiles de la préfecture et de la municipalité, tous ceux qu'il a connus dans sa jeunesse et qui, en vieillissant, ont tantôt gagné en pragmatisme et tantôt perdu leurs valeurs. Mais de même qu'il est un deuxième père pour moi, je suis l'un des enfants que Tanguy Jolas n'a jamais eus. Alors il est allé trouver les gens qu'il fallait pour comprendre ce qui me tombait dessus, et il a obtenu que je ne sois pas poursuivi – et accepté en contrepartie, au nom de mes proches et de la bande qui s'engageait à ne pas faire de scandale, que je sois maintenu quelques jours au calme. Une fois que j'ai eu purgé cette peine officieuse, Tanguy et Marcus sont venus me raconter le petit arrangement : « Ça nous a paru un bon deal. » Et quand ils sont partis, mon regard est tombé sur un calendrier, et j'ai su que ma réclusion, aussi décisive à mon cœur que celle d'Artaud à Rodez ou de Hölderlin dans sa tour, avait duré une petite semaine.

Il y a d'autres choses que j'ai comprises parce qu'Aiko, bribe à bribe, me les a racontées. Comme elle est l'une des ayants droit d'Igor, elle trie ses affaires, et mon aide n'est pas de refus. Le rituel, c'est que je la rejoigne à l'heure du déjeuner pour continuer de faire connaissance. Et voici ce qu'elle m'a appris, si je tente de le résumer.

Lorsque Igor Mumsen et Adrienne Berdaguer sont partis pour le Japon, ils ont d'abord posé leurs valises à Tokyo. Ils ont aimé plein de choses là-bas, mais par beaucoup d'aspects, la reconstruction hâtive, les néons chassant les lanternes, les marques si prégnantes de l'occupation américaine, ce n'était pas la ville pour eux. L'écart était trop grand de leur village des Corbières aux autoroutes superposées construites pour les Jeux olympiques et aux foules du métro. Ils ont poussé jusqu'à Kyoto et ont trouvé une maison à louer au nord-ouest du palais impérial. Une petite maison en bois de cèdre, au bardage brûlé en surface pour mieux résister aux insectes, aux champignons et au sel des vents marins. À quelques mètres de là habitaient ceux qui allaient devenir les parents d'Aiko. Ils se sont manifestés, d'abord, sous la forme de bols de *soba* fumants déposés à la porte d'Igor et d'Adrienne en signe de bienvenue. Ryū se faisait déjà un nom dans le milieu de la céramique, Adrienne a très vite senti ce qu'elle gagnerait à faire sa connaissance, et que l'émulation entre eux serait réciproque. Miyuki n'avait pas d'emploi mais elle cuisinait divinement, et Aiko a pris sa suite. Ils ont tous les quatre commencé à se voir au quotidien et se sont liés de près. Aiko se demande même s'ils n'ont pas été amants. Mais qui ? Adrienne et Ryū ? Igor et Miyuki ? Ou une constellation mouvante, plus libre et complexe que ça ? Les lettres ne sont pas explicites, peut-être parce qu'elles ont été écrites après coup, quand la passion était éteinte, ou bien parce qu'il ne s'est rien passé, et qu'ils se sont contentés de la douceur de l'amitié.

Aux côtés de Ryū Ogiwara, Adrienne Berdaguer a affûté son style. Dans l'appartement où nous étions, parmi les céramiques que je prenais pour des œuvres d'Adrienne, quelques-unes étaient du père d'Aiko, et d'autres étaient des vases qu'ils ont créés à quatre mains. Adrienne a cessé de lisser ses poteries et de masquer la matière, elle s'est mise à assumer la beauté de la terre et ses irrégularités, à savoir reconnaître les hasards de la cuisson, ceux que produit le vent agitant la fumée, le vent parfois si joueur que les pièces qui sortent du four sont nettement dissemblables. C'était le moment où on redécouvrait la poterie Jōmon du Mésolithique, et où l'art de la céramique dans l'archipel prenait soudain quinze mille ans de profondeur. Adrienne s'est passionnée pour ce phénomène-là, et c'est aussi de l'avoir accompagnée dans cette curiosité qui faisait dire à Igor que le passé largement ignoré aux époques précédentes nous a été rendu, par le miracle de l'histoire et de l'archéologie, au cours du XXe siècle. Maintenant le mur des siècles existe, et nous sommes là pour le regarder.

Tous les quatre, un mois de juin, ils ont refait la route du Tōkaidō, sur les traces d'Hiroshige qui y a convoyé des chevaux à offrir à l'empereur et en a peint les étapes animées à partir de 1832. On croisait encore quelques cavaliers, mais plus de dames en palanquin, plus de porteurs qui s'enfoncent dans l'eau jusqu'au cou pour franchir les gués des rivières. Les berges du lac Biwa, la baie d'Ise, les montagnes vers Hakone, la barque tanguant sur le lac Ashi, la baie de Suruga puis celle de Sagami : c'est là qu'Igor Mumsen s'est mis à éprouver la magie des noms propres, ce sont ces jours de sueur, bâton de marche en main, qui l'ont incité à traduire les *Journaux de voyage* et les haïkus que Bashō a composés à la fin du XVIIe siècle. Façon de mettre ses pas dans les empreintes du vieux fou de poésie, qui se retirait de la ville pour éprouver la force de ses mollets, pour user ses talons sur la rudesse des grèves et des dunes, Bashō qui étale au-dessus d'un amas de branches de pin une natte de paille pour observer la lune, ou qui se délasse les jambes, assis dans la pente raide, tout en comptant ses poux. « Moi-même, écrit-il, depuis je ne sais quelle année, lambeau de nuage cédant à l'invite du vent, je n'avais cessé de nourrir des pensers vagabonds. »

Peu après leur retour, Miyuki est tombée enceinte. Aiko est née à l'improviste, avec deux mois d'avance. Ryū était parti chez ses parents près de Nagoya. Igor arrivait pour prendre le thé. La sage-femme du quartier a rappliqué, et devant la fréquence et la violence des contractions, Igor a dû mettre la main à la pâte, faire bouillir l'eau, désinfecter ciseaux et pinces, rincer le sang qui noyait les compresses. Il a tenu Aiko dans ses bras dix minutes après sa naissance. Il l'a vue grandir, ses trois premières années, jouer avec son fils Thomas, se mettre à marcher et à parler. Ils se voyaient chaque fois qu'Igor retournait au Japon. Ils n'ont jamais perdu contact. C'est pour cela qu'Aiko a voulu lui rendre la pareille, être présente à la fin comme il avait été là au début, le serrer dans ses bras au moment de sa mort.

Voilà un an qu'elle s'est installée à Toulouse, après le décès de ses parents, et surtout après son divorce. Elle n'était pas fâchée de mettre seize heures de vol entre elle et son mari, et de voir autre chose. « Un pays où les femmes ont un peu plus de liberté », dit-elle sans se faire trop d'illusions non plus. « Un pays où on les laisse tranquilles, relativement. » Le restaurant qu'elle avait à Kyoto, sur les berges de la Kamo-gawa, affichait complet plus de six mois à l'avance. J'ai moi-même le souvenir d'avoir dîné à la fraîcheur de cette rivière, à la lumière des bougies, sur une de ces splendides terrasses d'été qu'ils montent sur des pilotis de bois. Aiko a fui cela aussi, la pression mentale liée à cette célébrité, le travail épuisant de relations publiques que la célébrité engendre. Ici elle refusera de figurer dans les guides. Elle a ouvert, dans une petite rue au sud des Carmes, un établissement si discret que je ne l'ai jamais remarqué. Elle ne prend les réservations qu'avec deux semaines d'avance, et il y a vingt couverts.

J'ai voulu qu'elle m'emmène, qu'elle me montre ce lieu qui porte le nom qu'elle vient de reprendre, Ogiwara, et qui n'a pas rouvert depuis mars, puisque la rue ne lui permet d'installer que deux ou trois tables en terrasse. De belles tommettes anciennes au sol, des poutres qui structurent l'espace, quatre mètres de hauteur sous plafond : le lieu a la patine qu'il faut. Sur des étagères brutes s'alignent les bouteilles de saké et les bocaux où elle garde les *umeboshi*, ces prunes auxquelles une longue macération donne du velouté et du moelleux.

Dans son royaume, Aiko s'écarte des images qui viennent en tête quand on parle cuisine japonaise. Ni sushis, ni sashimis, ni rāmen, c'est elle qui décide du menu, décliné en sept plats. Elle s'inspire de la cuisine de dévotion bouddhique préparée dans les monastères. Dans ses *Instructions au cuisinier zen*, Dōgen affirme, m'a-t-elle appris, qu'il faut cultiver l'esprit d'une grand-mère envers tout ce qui existe. Traiter les produits sans juger de leur apparence, ne pas faire de différence entre ceux qui sont frustes et ceux qui paraissent raffinés. Pour que s'exprime pleinement leur potentiel, il y a les condiments, et sur ce chapitre-là Aiko est intarissable. « C'est facile à retenir, dit-elle. Tu retiens *Sa-shi-su-se-so*. *Sa* pour *satō*, le sucre ; *shi* pour *shio*, le sel ; *su* pour le vinaigre ; *se* pour *shōyu*, la sauce soja ; *so* pour miso. » Facile, je ne sais pas, mais disons que ça ouvre les papilles.

Elle m'a fait part de ses difficultés à s'approvisionner dans le contexte actuel. Le torréfacteur de sésame avec qui elle travaille à Osaka ne livre plus, et il n'est pas simple non plus de se procurer la sauce *gyosho*, faite de viscères de poisson, qu'elle fait venir du nord d'Honshū, ou son vinaigre de riz favori, aux notes caramélisées, fabriqué dans la préfecture de Kagoshima, à la pointe sud de l'archipel. Tant qu'il n'y a pas de clients, ce n'est pas très grave, mais ça la freine dans ses envies d'expérimentation.

Dès que je l'ai vue aux fourneaux, dans le feu et la vapeur, dès que j'ai vu ses mains marquées de premières taches de vieillesse broyer les épices au mortier, brosser les légumes et faire sauter ce qu'elle cuit au wok, j'ai su que c'était un gâchis terrible de la laisser désœuvrée. Je lui ai dit que je m'étais mis à livrer, que ça ne me déplaisait pas en soi, que j'avais de toute façon besoin de gagner de l'argent. Elle a hésité quelques jours. Dans son esprit, l'ambiance du restaurant et la présentation des plats comptent autant que ce qu'on mange. Elle dresse les aliments dans les assiettes en faisant attention non seulement à leur disposition, mais aux espaces qu'elle laisse vides. L'essence de l'assiette ou du bol, c'est qu'ils ne se remplissent que pour être de nouveau vidés, alors elle veut que le vide soit beau, qu'il vibre.

J'ai réussi à la convaincre et on a travaillé à mettre au point une carte raccourcie, des choses qui restent stupéfiantes même si elles sont mangées tièdes ou que les clients les réchauffent. Une salade de *daikon* au thon, où le radis blanc est taillé en julienne. Une autre salade composée de feuilles de chrysanthème, de feuilles de moutarde et d'épinards. On retrouve les épinards côté plats, avec une sauce aux noix et des *shiitake*. Elle propose aussi des poireaux aux palourdes, assaisonnés au miso doux. Et puis du poulpe à la plancha, qu'elle sert avec mauvaise conscience parce qu'elle sait bien que c'est un animal d'une intelligence incroyable, mais dont on raffole tous les deux tellement il est fondant.

J'ai rappelé Hussein El Maghrabi et deux autres des cyclistes avec lesquels j'avais sympathisé. Aiko Ogiwara s'est remise à cuisiner, seule en cuisine, pour huit à dix personnes chaque soir – et cela lui a fait du bien.

On a parlé d'Igor et de la mort d'Igor, aussi. Elle était comme de la famille, mais pas de la famille à proprement parler. Igor n'a plus de famille, de toute façon, puisque Thomas est mort dans un accident de voiture au début de sa vingtaine. Lorsqu'elle a su qu'Igor était hospitalisé à La Grave, elle y a essuyé la même rebuffade que moi. L'avant-veille de la mort de Mumsen, elle a appris qu'elle-même était atteinte. Elle a vécu deux semaines éprouvantes, sans symptômes trop handicapants, mais percluse de fatigue, et dans le deuil, et à se demander ce qui se passerait pour elle si elle perdait le goût pour de bon. Avant de perdre conscience, Igor lui avait rappelé au téléphone qu'il voulait être incinéré, et qu'il ne souhaitait pas qu'il y ait de cérémonie, pas tout de suite en tout cas : personne ne devait courir le risque de mourir pour entourer un mort. « Je serai tout seul là où je vais, de toute façon, lui a-t-il dit. Je n'ai pas envie que d'autres me suivent. »

Son testament indiquait qu'il faudrait disperser ses cendres autour de sa maison, dans les vignes des Corbières. Et il a confié à Aiko qu'il aimerait qu'elle en garde une poignée pour les porter quand elle pourra au cimetière du mont Kōya, afin d'aider les cèdres centenaires à conserver la forme, et parce que le vieux Kūkai qui a fondé les lieux médite toujours là-bas, depuis sa mort en 835, qu'il pourra veiller sur Igor, et qu'Igor sera aux premières loges si Kūkai se résout un jour à reprendre le chemin de la vie et qu'avec cette résurrection le paradis commence.

Aiko était d'avis qu'on patiente, pour disperser ses cendres, jusqu'à ce que le gros de la crise soit derrière nous, de telle sorte qu'on puisse réunir ses amis, organiser une véritable fête. Elle ne supportait pas l'idée que quelqu'un comme lui soit parti sans rituel.

En attendant, elle m'a montré l'urne où étaient les cendres d'Igor. C'était un très vieux vase que quelqu'un avait brisé, peut-être un chat, peut-être un mauvais geste, impossible de savoir, les vases se brisent si facilement. Il avait été réparé avec une couture de laque d'or, selon la technique du *kintsugi* que Ryū avait aussi transmise à Adrienne. Cela participait du concept de *wabi-sabi* qui fascinait Aiko : c'est la patine du bronze, la rouille du fer, la mousse sur l'écorce d'un arbre, nos cheveux qui blanchissent, la beauté de l'usure et de l'imperfection. La fleur dans le vase manque de temps ; le *wabi-sabi* du vase, c'est le pendant de ce manque, c'est ce qui l'équilibre. « On ne cache pas les fêlures, m'a dit Aiko, il y en a forcément. » J'étais bien d'accord avec ça. Cela faisait longtemps que je ne cachais plus les fêlures. J'étais fêlé de partout. J'étais visiblement fêlé. Mais ce n'est pas parce que quelqu'un est fêlé ou est abîmé qu'il faut forcément le jeter à la poubelle.

Que vous dire d'autre ? Mes relations avec Hoshi se sont améliorées. On est remontés sur les toits à plusieurs reprises, en passant par la fenêtre du bureau de Mumsen, pour que je profite de l'océan de tuiles plus que lors de notre première balade, avec une bière dans ma besace pour l'apéro plutôt qu'un grand couteau de cuisine.

J'ai enterré Friedrich dans la cour intérieure, en recouvrant la terre de mousse. J'ai poussé la magnanimité, ou le vice, jusqu'à convier Hoshi, pour qu'il constate ma tristesse et le mal qu'il avait fait. Je ne suis toujours pas sûr, figurez-vous, que les poètes servent à grand-chose quand l'époque est à la détresse. Mais la rumeur court depuis longtemps que les textes font de bons tombeaux. Des stèles moins anonymes que les vieilles pierres des cimetières. Et dans ce cas, en espérant que la rumeur dise vrai, celui-ci est pour toi, petite bergeronnette.

Avec la reprise des livraisons et le premier versement du chômage, ma situation matérielle s'est un peu rétablie. En accord avec l'éditeur principal de Mumsen, Aiko a décidé de me rémunérer pour que je l'aide à classer ses archives. Parallèlement, les collègues d'Ombres blanches, qui savaient par Dounia embauchée là-bas depuis peu combien j'étais dans la panade, m'ont proposé de me joindre à eux pour le coup de feu de Noël. Je commençais à me dire que la librairie était une page de ma vie que je voulais tourner, afin de faire plus de place à l'écriture. Ça ne m'a pas empêché d'accepter, et je me suis même réjoui de cette perspective, de la joie que ça allait me procurer d'être comme ça au centre de la ruche, dans le bourdonnement continu d'une curiosité universelle, à faire se rencontrer le bon livre et le bon lecteur.

J'ai gardé le plus important pour la fin. Quelques jours après ma promenade sur les toits, alors que je rentrais d'Ogiwara, j'ai buté dans l'entrée sur un tas de bagages. Camille m'attendait au salon. Je me suis assis à bonne distance, à l'un des bouts du canapé, elle est venue près de moi et on s'est regardés tristement. Deux oiseaux de retour dans leur nid abîmé, après une trop longue migration. Elle m'a pris le visage et elle m'a dit : « Je ne t'ai pas laissé tomber, Elias. Ça me déchirerait que tu croies que je t'ai laissé tomber. » Dès le samedi de la manif, elle avait coché *motif familial impérieux* sur les papiers absurdes qu'on nous demande de remplir et elle avait sauté dans un train pour Toulouse. Comme je ne répondais pas à ses messages, elle a appelé Tanguy qui lui a demandé de passer le voir d'abord. Il lui a expliqué ce qui se passait. « Je ne sais pas ce que tu en penses, a-t-il dit à Camille, mais moi je crois que ça peut lui faire du bien d'être livré à lui-même. Qu'il ait le temps de reprendre ses esprits. » Camille a exprimé sa peur que je fasse une connerie. Tanguy l'a rassurée : j'étais sous surveillance constante. « Franchement, il n'est pas suicidaire, Elias. Il ne peut rien lui arriver. » Elle en a convenu. Je n'étais pas suicidaire. J'étais juste quelqu'un qui, de temps à autre, faisait un peu n'importe quoi. Et depuis ce jour-là, d'ailleurs, elle me surnomme comme ça, quand ça lui vient : « Mon grand N'importe-quoi ».

La fin d'automne en Aveyron, seule avec un garçon de trois ans et une fille hospitalisée, c'était curieusement plus dur qu'elle ne l'avait anticipé. Les intempéries l'avaient empêchée par deux fois de se rendre à Rodez. La patronne de l'épicerie commençait à piger qu'elle avait affaire à une intellectuelle, à une forte tête, qui avait géré à Toulouse un plus gros commerce que le sien, et au lieu de se montrer curieuse, elle se sentait dépassée et faisait sentir à Camille qu'elle n'était pas à sa place. Pendant ce temps-là, les vers taupins et les rongeurs profitaient du paillage qui les mettait à l'abri de leurs prédateurs pour lui bousiller le jardin. Elle devait tout le temps couper du bois ou en racheter pour alimenter le poêle et ne pas trop consommer de fioul. Le jour où, de haute lutte, elle avait réussi à lui mettre la main dessus, le chauffagiste du coin lui avait dit que cette maison était une vraie passoire, qu'il faudrait des dizaines de milliers d'euros si on voulait changer ça. Camille a regardé ce qu'il y avait à vendre dans la région, mais la période n'était pas propice aux visites. En somme, il n'y avait pas que son inquiétude pour mon sort ou son amour pour moi qui l'avaient poussée à se dire que décembre serait plus doux à Toulouse que dans la maison du Cayrol.

C'est aussi que Maud revenait. Lentement mais sûrement. Elle s'est d'abord mise à dessiner chaque jour pour tenir l'ennui à distance. Elle a croqué ses camarades de clinique, leurs mains tenant une cigarette, leurs cous décharnés de tortues. Elle a voulu des livres et Camille lui en a apporté, du Simone de Beauvoir, du Doris Lessing et du Anne Zamenhof. Elle est sortie acheter elle-même, dans une librairie de Rodez, plusieurs textes d'Artaud et des portraits de lui. Ce n'était pas nécessairement la lecture conseillée dans son état, mais son psychiatre a laissé faire, parce qu'on ne casse pas un désir. Elle s'est mise à dessiner Artaud à tous les âges, du jeune acteur qui lève les yeux vers la lumière au sorcier abîmé dont le front s'est dégarni. J'ai vu cette série de portraits, et je peux vous dire que Maud Torres a de l'or dans les doigts et la vie devant elle.

« Mais où ils sont, alors ? » ai-je demandé ce jour-là. Maud voyait Younès, Diego était chez Paola, parce que Camille voulait d'abord qu'on se parle tous les deux. « On ne va rien décider en temps de crise, m'a-t-elle dit. Il faut laisser passer l'orage. » Ça m'a fait repenser à la femme de Jolimont. Aux grêlons à la fenêtre, au lustre qui tremblait au plafond. Lorsque ça tourne au-dessus de nos têtes, lorsque ça gronde et que ça tonne, c'est sûr qu'il vaut mieux renoncer à s'agiter dehors et courir s'abriter. J'étais heureux que Camille reconnaisse que je n'étais responsable que de certaines des tuiles qui nous tombaient dessus. « C'est la période, aussi », a-t-elle conclu en se rapprochant encore de moi. On aurait pu en discuter longuement, de la période, mais je m'en suis bien gardé – parce que les lèvres de Camille étaient vraiment toutes proches.

Quelques jours après, alors que les commerces rouvraient et que j'avais le sentiment d'avoir, sinon retrouvé une vie normale, du moins touché le fond et donné un coup de pied vigoureux pour remonter, j'ai voulu présenter Maud à Aiko et nous sommes sortis nous promener au jardin japonais qui a été créé dans le parc Compans-Caffarelli deux-trois ans après ma naissance. Cela faisait longtemps que je n'y étais pas allé, et j'ai pris conscience que ce lieu n'était peut-être pas pour rien dans l'envie que j'ai toujours eue de voyager au Japon. Le voir avec Aiko transformait l'expérience. Elle attirait notre attention sur la taille des arbustes, qui les transforme en sphères dodues ou les stratifie en nuages effilés. Elle nous a dit qu'il y a un mot, en japonais, pour distinguer les arbres conduits par la main des humains de ceux qui poussent dans les forêts. Émergeant des vagues de graviers du jardin sec, les rochers devenaient des îles. Les collines sur la pelouse symbolisaient les massifs de l'archipel, et la plus haute c'était le Fuji. À l'une des entrées du pont vermillon qui enjambait l'étang de sa courbe en demi-cercle, des pierres dressées barraient la route aux mauvais esprits et empêchaient qu'ils le franchissent.

J'ai raconté à Aiko que mes parents, une fois que j'ai eu soldé leurs dettes, ne m'avaient pas laissé grand-chose, et que j'avais dépensé l'essentiel de leur héritage en voyageant un mois avec Camille et Maud entre Tokyo et la baie d'Hiroshima. À Kyoto, on ne s'y était pas pris avec assez d'avance pour voir le temple des mousses : il faudrait y retourner, un jour, trouver les moyens de s'attarder. J'étais moins proche d'Igor à l'époque, sinon il m'aurait sûrement conseillé son restaurant, et elle et moi on se serait connus plus tôt.

Alors qu'on se tenait près du lac, je me suis demandé pourquoi regarder l'eau est aussi apaisant, ce qui nous attire avec cette force près de la mer, des fleuves, ou même des puits et des fontaines. Bashō dit cela aussi, que l'eau qui tombe goutte à goutte est quelque chose qui le ravit d'aise. J'ignorais toujours comment transplanter dans le reste de ma vie le calme que j'éprouvais lorsque je lisais un bon livre ou que je me promenais dans un jardin comme celui-ci. Ça n'était peut-être pas possible. Ou bien c'était à inventer. Je me suis demandé : Qu'est-ce qu'on contemple quand on contemple ? Qu'est-ce qui fait, comme l'écrit Hölderlin, que ce ne sont pas tant l'objet ou le paysage qui importent, mais la contemplation elle-même ? Je me suis dit soudain que la réponse tenait peut-être bêtement en un mot : le présent. La présence au présent que je cherchais toujours en vain. Celle qui fait que ça murmure en nous : « Regarde bien le monde, puisque tu n'es pas encore mort. »

C'est à ce moment-là que Maud m'a saisi par le bras. Elle s'est mise à me parler avec autant de fluidité et de détermination qu'elle le faisait avant la nuit de la Garonne. « Je finis de me retaper, a-t-elle lancé soudain, et j'y retourne. Ça ne fait que commencer. » J'ai entendu ces mots tomber comme une pierre dans l'étang. J'ai attrapé son regard qui ne cherchait plus à fuir. Est-ce qu'elle avait raison de penser au combat même à l'heure du repos ? En fait, ce n'était pas à moi d'en juger. Elle ferait ses choix, elle tracerait sa route dans le monde abîmé – on suivrait tant bien que mal. « Et toi, papa, a continué ma fille bientôt adulte, je... je sais que tu n'aimes pas parler de toi, mais il faudra tout de même que tu racontes un jour ce qui nous est arrivé. Pas ce qui s'est passé dans le monde en général… ça j'imagine que ça sera dit et redit, mais ce qui nous est arrivé, à nous. » Je l'ai regardée qui me demandait ça. J'ai relevé les yeux au ciel, où les lettres de l'alphabet se mettaient à former des mots. Et j'ai su que mon prochain roman, ce ne serait pas l'histoire d'archéologues cherchant dans le vieux sol d'Istanbul les traces presque illisibles de la peste de Justinien ; ce ne serait pas l'histoire des sièges de Rome tels que les ont vécus Procope et Bélisaire ; et pas non plus l'histoire de la sécheresse, de la famine et de la guerre civile dans la Chine de Yu Xin. En fait, ce ne serait même pas l'histoire d'un agent pathogène invisible à l'œil nu et du chaos qu'il a semé partout dans le monde, au cours de l'année 2020. Ces histoires-là, je les écrirais plus tard, si j'en avais la force et le temps, si le désir ne partait pas, si elles continuaient à me hanter. *Les années sans soleil*, ce serait notre histoire à nous, celle de notre famille et de la bande qui l'entoure, et avant tout, peut-être, le récit incertain de mon histoire à moi.

Et puis il s'est mis à neiger. Quelques flocons graciles ont atterri sur le dos de nos mains. Les tuiles du pavillon de thé se sont mouchetées de points sombres, et nous avons couru nous réfugier sous son toit en auvent. Il neigeait fort, d'un coup. Il aurait été plus sage de rentrer, mais on était bien là. J'étais heureux de voir que Maud et Aiko trouvaient leur connivence, à parler de mangas inconnus et de calligraphie. Aiko nous a confié que Miyuki, le prénom de sa mère, veut dire silence de neige profonde. On était mi-décembre, et voilà qu'il neigeait. À Toulouse, en cette saison, ce n'était pas si fréquent, et d'ailleurs il y avait peu de chances que ça tienne. Mais pour une fois, au moins, le ciel ne nous envoyait rien d'anormal. C'était même l'inverse : quelque chose de doux et de plutôt rassurant. J'ai soufflé sur mes doigts. Je me suis demandé si ça tiendrait assez longtemps pour que j'emmène Diego faire une bataille de boules de neige. On est restés un bon moment à regarder cette neige tomber, Aiko, Maud et moi. Ça me rappelait que Mumsen a écrit de très belles choses sur les paysages de neige. Je ne sais plus trop dans quel recueil, franchement. Je sais juste qu'il parle de la première neige de l'hiver, de l'étonnement qu'elle nous donne. Je n'ai pas la phrase exacte en tête, mais ce que dit Igor, de sa voix si vivante, c'est que la première neige tombe toujours comme pour la toute première fois.

RÉALISATION : NORD COMPO À VILLENEUVE-D'ASCQ
ACHEVÉ D'IMPRIMER SUR ROTO-PAGE
PAR L'IMPRIMERIE FLOCH À MAYENNE
DÉPÔT LÉGAL : JANVIER 2022. N° 149555 (99455)
– Imprimé en France –